11歳《さい》のバースデー

井上林子・作
イシヤマアズサ・絵

わたしの空色プール

8月10日 夏木アンナ

くもん出版

11歳《さい》のバースデー

わたしの空色プール

8月10日 夏木アンナ

春山《はるやま》 ましろ
（5月8日生まれ）

伊地知《いちじ》 一秋《かずあき》
（10月7日生まれ）

夏木《なつき》 アンナ
（8月10日生まれ）

冬馬《とうま》 晶《あきら》
（12月25日生まれ）

四季《しき》 和也《かずや》
（3月31日生まれ）

もくじ

スマイル　リップ　リップルル
スマイル　スマイル　リップルル
まっすぐ　ハート　ひらこうよ
ともだち　いるよ　きみのそば
きょうも　ハッピー　リップルデイ
リップ　リップ　リップップ　Wow《ワオ》!

(『スマイル・リップ』主題歌より)

1 やっと、終業式《しゅうぎょうしき》

五年三組の教室のまどのむこうで、セミがわんわん鳴いている。

暑《あつ》くてたまらない。あせをかくのもいや。日に焼《や》けるのもぜったい、いや。

自分の名前、夏木《なつき》アンナの「夏」の字さえうらめしくなる、一年でいちばんきらいな季節《きせつ》がはじまった。だけど、夏休みは単純《たんじゅん》にうれしい。

長かった一学期《がっき》が、やっと、今日でおわる。

終業式《しゅうぎょうしき》のあと、通知表《つうちひょう》や、いろいろな連絡《れんらく》プリントがくばられた。

通知表は、体育以外《たいいくいがい》ぜんぶ「よくできる」だった。

まあ、当然《とうぜん》だ。それより問題《もんだい》なのは、水泳《すいえい》教室のプリントだ。

「みんな、夏休みの水泳教室は、自由参加《じゆうさんか》だが、水泳が苦手《にがて》だと思っているものは、できるだけ参加するんだぞ。苦手をそのままにしておくか、克服《こくふく》するチャンスだと思ってがんばるかは、自分しだいだからな」

やんわりしたしゃべりかただけど、担任《たんにん》の太田剛《おおたたつよし》先生は、わたしの心の奥底《おくそこ》を見すかすようにいった。

「まあ、体育《たいいく》の水泳より、自由時間は多くとるから、楽しいぞ」

定年《ていねん》前のおじいさん先生は、顔じゅうしわだらけにして、にっと笑《わら》った。

プールなんて、つかれるし、日に焼《や》けるし、参加しないでいいなら、したくない。だいたい、夏休みはトップ塾《じゅく》の夏期講習《かきこうしゅう》のスケジュールがびっしりつまっているんだから。

水泳教室のプリントをにらむわたしの前と横《よこ》で、同じ三班《ぱん》の、春山《はるやま》さんと四季《しき》くんが「行こう、行こう」と楽しそうにはしゃいでいた。

まるで低学年《ていがくねん》の子みたい。

春山ましろと、四季和也《しきかずや》。

ふたりとも、五年生になって、はじめて同じクラスになった子たちだ。

のんきで気楽で、わたしとはまったく正反対《せいはんたい》の子たち。

春山さんは、勉強《べんきょう》ぎらいで、考えかたもゆるくて、どこかふわふわしている子。だけど、たまにするどくて、だいじなしんの部分《ぶぶん》はちゃんとしているって、最近《さいきん》思うようになった。

そして四季くんは、そんな春山さんのことをとてもしたっている。勉強も運動《うんどう》もかなり苦手《にがて》で、学校以外《いがい》に「たんぽぽスクール」というところで、読み書きや運動訓練《くんれん》をしているらしい。なにごともゆっくりすぎて、たまにイライラするけど、四季くんは、ものすごくやさしい。一学期《がっき》のあいだ同じ班《はん》になって、そうかんじるようになった。

そして、前の席《せき》の無口《むくち》な男子、冬馬晶《とうまあきら》も、あまりしゃべったことはないけど、

夏休み水泳教室
泳教室
夏休み水

じつはたよりになる男子だっていうことが、春の遠足のときにわかった。

グシャグシャと、乱暴《らんぼう》に紙をまるめる音がする。ふりむくと、うしろの席《せき》の伊地知《いちじ》が、水泳《すいえい》教室のプリントをゴミ箱《ばこ》に投《な》げすてていた。

あいかわらず態度《たいど》の悪《わる》いやつ。

クラス一の、いや、学校一のきらわれもの、伊地知一秋《かずあき》。

はっきりいって、こいつのことは、見るのもイヤ。だけど、春の遠足の日、伊地知がもってきたお弁当《べんとう》を見て、わたしはショックをうけた。

わすれられなくて、ときどき思いだしてしまう。あの日のことを――。

五月の、春の遠足の日。

班行動《はんこうどう》をみだして、ひとり迷子《まいご》になった伊地知のせいで、わたしたち三班《ぱん》五名は山でたいへんなめにあった。ひどい雨にふられ、先生たちには怒《おこ》られ、くつずれにもなって、ほんとうにさんざんな遠足だった。迷子になった伊地知は、冬馬《とうま》のおかげでなんとか見つかったけど、わたしたち三班《ぱん》は、真《ま》っ暗《くら》なトンネルのなかでお弁当《べんとう》を食べるはめになった。

あの日、ママがつくってくれた、クラブハウスサンドのお弁当はとてもおいしかった。春山さんと、四季《しき》くんと、冬馬のお弁当も、すごくおいしそうだった。だけど、あのとき、伊地知《いちじ》が食べていたのは、コンビニ弁当だった。コンビニ弁当って、食べたことないけど、塾《じゅく》で食べている子を見たことはある。おいしそうだなって思うこともあった。

でも、それよりもわたしが気になったのは、伊地知の母親は、遠足の日に、子どものお弁当もつくってくれないような人なのか？　っていうことだった。そういう子がいるっていうことに、わたしは内心ショックをうけていた。

いろいろな家庭《かてい》の事情《じじょう》はあるかもしれないけれど、もし、伊地知の母親が、お弁当をつくったりするのをイヤがるようなつめたい人だったら、伊地知があんなに乱暴《らんぼう》でめちゃくちゃな性格《せいかく》になったのもうなずける……。でも、だからといって、伊地知《いちじ》が乱暴《らんぼう》するのはゆるされないし、ゆるしたくない。

春の遠足以来《いらい》、わたしは、同じ三班《ぱん》のメンバー、春山ましろ、四季和也《しきかずや》、冬《とう》馬晶《まあきら》、伊地知一秋《かずあき》のことが、ちょっと気になるようになった。

いままで、ぜんぜん関係《かんけい》ない子たちだったのに……。

「あの、晶くんは、水泳《すいえい》教室に行きますか？」

四季くんの声がして、はっとわれにかえった。思いだしたようにセミの鳴き声がひびいてくる。まどの外を見ていた冬馬晶が、そっとふりかえった。

四季くんにむかって、小さくうなずく。

「うん、行くよ」

冬馬がしゃべった……。

無口《むくち》な男子、冬馬がしゃべるなんて、おどろいた。さいしょのころほどじゃないけれど、これは、ほんとうにおどろくべきことだった。だって、冬馬ってときどき、いるのかいないのか、わからなくなるくらい存在感《そんざいかん》がうすいから。

春の遠足のときは、緊急事態《きんきゅうじたい》がおこりまくったせいで、ふだんよりしゃべっていたけれど。いま思えば、あのときのたのもしい冬馬《とうま》は、まぼろしだったのかもしれない。ふだんの冬馬は、いったいなにを考えているのか、まったくもってつかみどころがない。

まあ、わたしには関係《かんけい》ないけれど。

「ましろちゃん、晶《あきら》くんも、水泳《すいえい》教室に行くそうです」

「うんうん、みんなで行こう、行こう」

「はい、行きましょう」

うれしそうな春山さんと四季《しき》くん。こくりとうなずく冬馬。

「あたし、シンクロのわざが、できるようになったんだよ」

「しんくろ?」

「シンクロナイズド・スイミングだよ。さかさまになってね、足をのばして、くるくるまわるの。すごいでしょ」

「はい、すごいです」

春山さんと四季《しき》くんが、また楽しそうにしゃべりだす。そんなようすを、冬《とう》馬《ま》がほほえんで見ている。

またしても、わたしには、関係《かんけい》ないことだけれど。

まどの外に、まぶしい入道雲がもくもくとひろがっている。

わたしは、もう一度《いちど》、水泳《すいえい》教室のプリントを見つめた。

一回でも行っておいたほうがいいのはわかっている。水泳は苦手《にがて》だから……。

だけど、日に焼《や》けたくないし、塾《じゅく》もあるし、水泳教室に行ってるひまなんか、わたしにはない。それに、行ったって、楽しくあそべる人もいないし。

やっぱり、わたし、行かない。

そうだよ、せっかくの夏休みに学校に行くなんて、バカみたい。

やっと、学校のいろいろなことから解放《かいほう》されたのに。

のろすぎてたいくつな授業《じゅぎょう》、義務《ぎむ》の放課後《ほうかご》クラブ、さぼる子たちを注意《ちゅうい》しなきゃいけないそうじ当番、めんどうくさい係《かかり》の仕事《しごと》、やたら班協力《はんきょうりょく》をさせる先生、さわがしいクラスメイト、イヤな女子グループ、から。

「ねえ、ねえ、夏木さんは行く？　水泳教室《すいえい》」

いきなり、春山さんが、わたしのほうをふりむいた。

「行かない」

わたしは、たったいました決意《けつい》をくずさないように、きっぱりいった。

「アンナちゃん、行かないんですか？」

四季《しき》くんが残念《ざんねん》そうにいう。春山さんも、思いっきりつまらなさそうな顔をした。

「来たら、あたしのシンクロが見られるのになー」

ほんのちょっとだけど、最近《さいきん》わたしは、春山さんと四季くんと、こんなふうに話をするようになった。なんていうか、ふたりから話しかけられるようになった、といったほうが正しいかもしれない。

べつに、ものすごく仲《なか》がよくなったわけじゃない。

たぶんきっかけは、春の遠足のあとの、算数の時間だ。

授業中《じゅぎょうちゅう》、春山さんはいつも、四季《しき》くんの勉強《べんきょう》を手伝《てつだ》っていた。わざわざ前の席《せき》からふりむいて、わたしの横《よこ》の席の四季くんに、教科書のどこを見たらいいかとか、問題《もんだい》の解《と》きかたを教えていた。わたしは、勉強は自分の力でやるものだと思っているからほうっておいたのだけれど、ある算数の時間、春山さんの教えかたが、あまりにもへたくそで、まどろっこしくて、イライラして、思わず、「要領《ようりょう》が悪《わる》すぎる」といってしまった。

そんなつもりはなかったのに、そのときからわたしは、春山さんと四季くんのふたりに、算数の問題の解きかたを教えるはめになってしまった。しょうがない流《なが》れってやつだ。

だけど、問題が解けたら、

「すごいです、アンナちゃん」

四季《しき》くんは、とてもうれしそうな顔をした。

「ありがとう、夏木さん！」

春山さんも、きらきらした目でわたしに笑《わら》いかけた。

なんていうか、悪《わる》い気はしなかった。

だけど、わたし、塾《じゅく》じゃこの何倍《なんばい》もむずかしい問題《もんだい》を解《と》いているんだよ。

こんな基本的《きほんてき》な問題でつまずいているふたりの将来《しょうらい》が、ちょっと心配《しんぱい》になってしまった。それで、また思わずいってしまった。

「これくらいの問題《もんだい》が解《と》けなくて、どうするのよ。もっとがんばりなよ」

「はい！」

四季《しき》くんは、すなおに返事《へんじ》をした。だけど、春山さんは、

「そんなきびしいこといわないでよ、こんなむずかしい問題が解けるなんて、夏木さんの頭がいいからだよー」

大まじめな顔で、心底《しんそこ》うらやましそうにいった。

わたし、べつにもともと頭がいいわけじゃないのに。

ただ、努力《どりょく》しているだけなのに。

勉強《べんきょう》だって、さいしょからすきだったわけじゃない。でも、根気強《こんきづよ》くがんばって、一問一問解けるようになったら、だんだんすきになっていった。

そう、わたしは、努力して勉強をすきになったんだ。

塾《じゅく》で要領《ようりょう》もおぼえたし、暗記《あんき》するコツも知った。それは、だれかとあそぶより、遊園地《ゆうえんち》や海に行くより、心が整理《せいり》されることだった——。

むずかしい問題《もんだい》にぶつかっても、がんばれば解《と》けるようになったし、解けたらかしこくなった気がしてうれしかった。

自分のペースでだれにもじゃまされずに勉強《べんきょう》して、やるべきことをきっちりこなすことは、とても気持ちがいい。

学校の夏休みの宿題《しゅくだい》ドリルも、もらってすぐにおわらせた。自由研究《けんきゅう》や、読書感想文《かんそうぶん》や、てまのかかりそうな工作も、図書館《としょかん》で参考《さんこう》になりそうな本を、もうすでに借《か》りている。要領《ようりょう》よくきっちりこなす準備《じゅんび》はできている。

そう、わたしはすっきりした気分で夏休みにはいるんだ、これから。

それなのに……、なんだろう、このすっきりしないかんじ。

また、楽しそうにプールの話をしだした春山さんたちを横目《よこめ》に、わたしは、水泳《すいえい》教室のプリントを小さくたたんで、かばんの奥《おく》におしこめた。

ほんとうは、伊地知《いちじ》みたいにグシャグシャにまるめて、思いっきりゴミ箱《ばこ》にすてたかったけど、そういうことは、わたしにはできない。

水泳教室

2　火曜日、塾《じゅく》

夏休みにはいって、数週間がすぎた。

わたしは、朝から、紺色《こんいろ》のリュックをせおって塾《じゅく》に行く日々をすごしていた。

ひとめで駅前《えきまえ》にあるトップ塾の生徒《せいと》だとわかる、塾生おそろいの紺色のリュック。背中《せなか》のどまんなかに、塾のロゴマーク、ＴＯＰ《トップ》の「Ｔ《ティー》」の字がでかでかと目立っていて、横《よこ》の金具《かなぐ》には、パパとママとおばあちゃんがくれた学業《がくぎょう》のおまもりが三つぶらさがっている。そして、リュックのなかには、【トップ塾特進《とくしん》クラス　受験対策《じゅけんたいさく》小５夏期特訓《かきとっくん》コース　夏木《なつき》アンナ】と書かれた塾生証《じゅくせいしょう》。実戦応用問題集《じっせんおうようもんだいしゅう》に、入試対策《にゅうしたいさく》テキスト。ドリル類《るい》に、復習《ふくしゅう》ノート。宿題《しゅくだい》。

そして、塾《じゅく》のスケジュール表《ひょう》――。

わたしは、スケジュール表をはしからはしまで確認《かくにん》した。

火・木・金・土の欄《らん》に、おそろしいほどこまかい時間割《わ》りが、びっしりと書かれていた。

おまけに、今週の日曜日、八月十日の欄には、毎月一回ある「月例《げつれい》テスト」の文字があった。

誕生日《たんじょうび》に、「月例テスト」かあ。

わたしは「月例テスト」の文字の上に、赤色のペンで花まるを書いて、「十一歳《さい》の誕生日」と書きこんだ。

そして、ママがつくってくれたお弁当《べんとう》と、水筒《すいとう》をリュックにいれて、まぶしくて暑《あつ》い、まさに「夏」の世界《せかい》へふみだした。玄関《げんかん》のとびらをあけたとたん、むっとした空気と、うるさいセミの鳴き声がふりかかってきた。

トップ塾《じゅく》までは、自転車《じてんしゃ》で十五分ちょっと。

日に焼《や》けないように、日かげをたどりながら、お気に入りの水色の自転車をこいでいく。とちゅう、小学校の校庭《こうてい》の横《よこ》の道を通らなきゃいけないんだけど、いつもここで、だれか、とくに、きらいな子に会ったらどうしようと思ってしまう。水泳《すいえい》教室に行っていないことも、少しうしろめたかった。自由参加《じゆうさんか》だから、ぜったいに行かなくちゃいけないわけじゃないけれど。

生《い》け垣《がき》と、ダイヤのかたちをしたあみ目もようのフェンスのすきまから、きらりと光るプールが見えた。カルキのにおいが、ふっと鼻《はな》をくすぐる。

校門のほうを見ると、水泳バッグをもった子たちがちらほらいた。そのなかに、同じクラスの飛田瑠花《とびたるか》がいた。うるさい女子グループのリーダーで、正直

きらいな子。ダンスを習《なら》っているとかで、キョーレツに目立つドレッドヘアをしている。タンクトップからつきでた日焼《ひや》けしたうでをぶんぶんふりまわして、友だちと楽しそうに笑《わら》っていた。

わたしは、目があわないように顔をそむけ、自転車《じてんしゃ》のペダルをふんだ。

塾《じゅく》につくと、ドアをあけた瞬間《しゅんかん》から、サーッと冷気《れいき》がただよってきた。いまが夏であることをわすれそうになるほど寒《さむ》い。冷房《れいぼう》がききすぎている。さっきまでの暑《あつ》い外とは、別世界《べっせかい》。白いかべとホワイトボード、成績《せいせき》グラフと難関《なんかん》中学のランキング表《ひょう》にかこまれた、ここは北極《ほっきょく》だ。

わたしは、鳥肌《とりはだ》が立ったうでをこすりながら、エレベーターで四階《かい》まであがり、「特進《とくしん》クラス」と書かれた教室のドアをあけた。

「特進クラス」は、いちばんレベルの高いクラスで、難関中学を受験《じゅけん》する子たちばかりがいる。遠い町から電車で通ってきている子もいて、ほとんどみんなばらばらの小学校だった。ほかのクラスにはいるみたいだけど、「特進クラス」

には、同じ丘町《おかまち》小学校の子がいなかった。そのことは、わたしにとって、とても気楽なことだった。

それでも、ちがう小学校の、いかにも勉強《べんきょう》ができそうな同級生《どうきゅうせい》たちを気にしながら、授業《じゅぎょう》に集中《しゅうちゅう》して、たくさんのテストをこなしていくのは、けっこう緊《きん》張《ちょう》する。学校の教科書とはちがうにおいがする塾《じゅく》のテキストも、ひらく瞬間《しゅんかん》、いつも少し緊張する。

ゆいいつ緊張がとけるのは、昼休みのときだけだった。


昼休み。

みんなが、お弁当《べんとう》や、買ってきたパンやおにぎりをひろげて食べだす。学校みたいに班《はん》なんかないから、気のあうものどうし集《あつ》まって食べる子もいれば、ひとりで携帯《けいたい》電話やゲームをいじりながら食べる子もいる。学校にはもってきちゃいけない雑誌《ざっし》やまんがを、おおっぴらに読んでいる子もいた。

わたしは、いつもひとりでお弁当《べんとう》を食べていた。テキストを見たり、つくえのはしによせた消《け》しゴムのかすを見つめたりしながら。

ひとりは気楽だ。

友だちづきあいのめんどうくささは、学校だけでじゅうぶん。

塾《じゅく》の先生は、学校の先生みたいに、みんなで仲《なか》よくしなさい、なんていわない。伊地知《いちじ》みたいに授業《じゅぎょう》をじゃまするバカも、飛田瑠花《とびたるか》みたいにさわがしい子も、塾にはいない。こまっている人がいたらみんなで助《たす》けあいましょうとか、うるさい子がいたらみんなで注意《ちゅうい》しあいましょうとか、勉強《べんきょう》は教えあいましょうとか、そうじ当番は協力《きょうりょく》しあいましょうとか、そういう学校生活《せいかつ》にあるめんどうくさいことも、塾にはいっさいない。委員会《いいんかい》もないし、放課後《ほうかご》クラブもない。責任《せきにん》もふりかからない。自分のことだけがやれて、自分のことだけに集中《しゅうちゅう》できていい。

お弁当のデザートに、カットされた赤いスイカがはいっていた。

スイカはあまりすきじゃない。水っぽくて種《たね》をとるのがめんどうくさいから。でも、のこしたら「食欲《しょくよく》がないの？」って、ママが心配《しんぱい》する。

食べなきゃ。

昼休みがおわったら、五時まで授業《じゅぎょう》をうけて、家に帰ったらおかしと夕ごはんを食べて、おぼえているうちに今日の復習《ふくしゅう》をして、宿題《しゅくだい》をかたづけよう。そして、入試対策《にゅうしたいさく》テキストの難関《なんかん》中学の問題《もんだい》ページをやろう――。

わたしは、かたづけるようにスイカを口におしこみながら、頭のなかのチェックリストを確認《かくにん》した。

ずっと下をむいていたら首がいたくなって、ふと顔をあげたら、四角いまどのむこうに、切りとられたような真《ま》っ青《さお》な空が見えた。

なんだかプールみたい……。

わたしは、四角い青空を見あげながら、つぶやいていた。

「なんだか、しんどいな……」

3 木曜日、塾《じゅく》

今日も朝から、セミの鳴き声が耳をつんざく。

わたしは、今日も塾《じゅく》にむかって自転車《じてんしゃ》をこいでいた。

小学校に近づくにつれて、水泳《すいえい》バッグをもつ子たちのすがたがふえていく。

校門の前に、見おぼえのあるうしろすがたが見えた。春山《はるやま》さんと、四季《しき》くんと、冬馬《とうま》だった。三人とも水泳バッグをさげて、とても楽しそうに歩いていた。

無口《むくち》な冬馬でさえ、楽しそうだった。

思わず目がはなせなくなって、三人の背中《せなか》を見つめたまま自転車をとばして小学校の前を通りすぎた。

トップ塾《じゅく》にはいったとたん、あせばんだ体が、いっきにひんやりした。冷房《れいぼう》の直撃《ちょくげき》をうける席《せき》にすわってしまって、リュックからいそいで上着《うわぎ》をとりだしてはおった。やっぱりここは、北極《ほっきょく》だ。

白衣《はくい》を着《き》た先生がやってきて、算数の授業《じゅぎょう》がはじまった。

難関《なんかん》中学の問題《もんだい》はどれも手ごわくて、ぜんぜん歯《は》が立たない問題もあった。正直きつかった。トップ塾のトップクラスの授業は、学校の授業とはぜんぜん次元《じげん》がちがう。

しかも、夏期特訓《かきとっくん》コースになってからは、授業のおわりに、先生たちがこぞって熱《あつ》い受験《じゅけん》トークをするようになった。

「いいか、五年生の夏をむだにするな！　いまからじっくり本腰《ほんごし》をいれて、受験シーズンにピークをあわせるんだ！」とか。

「ライバルは自分だ、自分に打《う》ち勝《か》て！」とか。

「あそびたくても、ゲームの誘惑《ゆうわく》に負《ま》けるな！」とか。

「うかるために最大限《さいだいげん》できることを考えろ、そしてぜったい合格《ごうかく》するんだ！」

などなど、かなりはげしく熱《あつ》くいう。

わたしも受験《じゅけん》をかくごした身《み》ではあるけど、そんなにさけばないでほしい。

自分のことは自分でコントロールできるし、熱いのは性《しょう》にあわない。テンションが高いのも、大きな声も苦手《にがて》だ。

だけど、受験には合格したい。

だって、四年生のときにきめたから。

レベルの高い中学に行こうと。


一年前。

最低最悪《さいていさいあく》の四年二組、木崎愛《きさきあい》先生のクラスにいたわたしは、さんざんイヤなめにあって、わかったことがあった。

先生といえども、この世《よ》には尊敬《そんけい》できない人間がいるということ。

子どもといえども、ウラの顔をもったやつがいるということを。

木崎《きさき》先生は、化粧《けしょう》がこくて、第一印象《だいいちいんしょう》からあわない気がしていた。そしたら、あんのじょう木崎先生は「みんなのこと、ちゃんと見てるわよ」と笑顔《えがお》でいいながら、おとなしい子をかんたんに見おとし、まじめな子がたいへんなめにあっていることに、まったく気がつかない先生だった。

飛田瑠花《とびたるか》にいいようにあまえられ、ウラで飛田瑠花がやっていることになんにも気づかなかった。女子ボスとしてのさばっていた飛田瑠花プラスそのとりまきたちは、かなりのやり手だった。先生の前ではかわいくむじゃきなふりをして、でもほんとうは、ウラでこそくにクラスをあやつっていた。

席《せき》がえのくじ引きも、あらゆる係《かかり》ぎめも、学校行事《ぎょうじ》のきめごとも、うまくズルをして、自分たちの都合《つごう》のいいようにしていた。気の弱い子や、さえない子は、とことん見くだしてバカにしまくっていた――。

伊地知《いちじ》もそうとうイヤなやつだけど、飛田瑠花《とびたるか》は、もっとイヤなやつだった。同じ班《はん》になったとき、飛田瑠花とそのとりまきたちが、あまりにもそうじ当番をさぼるから、注意《ちゅうい》したら、こんなことをいわれた。

「そうじなんかテキトーでいいじゃん！　夏木《なつき》さん、そんなにまじめすぎたら友だちなくすよー。あっ、もともと友だちなんかいなかったっけー」

そして、飛田瑠花とそのとりまきたちは、あめやガムを食べ、そのつつみ紙をろうかのまどからひらひらと投《な》げすてた。

ゴミのポイ捨《す》ては、わたしのなかで、かなりゆるせないことのひとつだった。あのときの、飛田瑠花のせせら笑《わら》いは、いまでもわすれない。

ゴミのポイ捨てが平気でできるなんて、どんな神経《しんけい》をしているの？

あんたたちなんか、将来《しょうらい》ゴミやしきに住《す》め！

それ以来《いらい》、わたしは飛田瑠花たちの相手《あいて》をするのをやめた。そうじ当番も、五分の一の範囲《はんい》と量《りょう》しかやらないことにきめた。クラスのいろいろなことに協《きょう》

力《りょく》するのもいっさいやめた。

この世《よ》には、人間的《てき》レベルの低《ひく》い人間がいる。

授業《じゅぎょう》をじゃまする子や、学級崩壊《がっきゅうほうかい》なんかさせる子は、教室から出ていけばいいんだ。そうじもしない、常識《じょうしき》も通じない、そんなちゃんとしていない子たちとは、かかわりたくない。友だちになんて、なりたくもない。

だけど、こういうイヤなやつは、きっと、どこの世界《せかい》にもいる……。

だったら、せめて、人間的レベルの高い人間たちが集《あつ》まるところに行こう。

いじわるな伊地知《いちじ》や、ダンスはできるかもしれないけれど、常識が通じない飛田瑠花《とびたるか》たちがいない世界に。

だから、わたしは受験《じゅけん》する。レベルの高い中学に行くんだ――。

塾《じゅく》の先生の熱《あつ》い受験トークをききながら、わたしは、暗《くら》く、苦《くる》しかった四年生のときのことを思いだしていた。

ふいに、だれかのふでばこがゆかに落《お》ちて、ガシャンと音がした。そのとたん、ぼやけていた視界《しかい》のピントがもとにもどった。わたしは、「特進《とくしん》クラス」のホワイトボードをにらみつけた。

あいつらとは、ぜったいちがう世界《せかい》に行ってやる――。

昼休みになった。

わたしは、今日もひとりでお弁当《べんとう》をひろげた。今日のデザートは、ももだった。ももはすきだけど、時間がたって茶色くなったももは、食欲《しょくよく》が半減《はんげん》する。しかも、今日のももはかたかった。やわらかいほうがすきなのに。

わたしは、すっぱさとかたさをがまんしながら、ももをかたづけた。なにものこさなかった。ママが心配《しんぱい》しないように。

そのあと、みっちり五時まで勉強《べんきょう》して、今日の授業《じゅぎょう》はおわった。

塾《じゅく》を出ると、夕方五時の空はぜんぜん夕方っぽくなかった。明るくて、まぶしくて、ものすごくつかれた。

4 金曜日、塾《じゅく》

最悪《さいあく》だ。

ほんとうに最悪だ。

下《くだ》り坂《ざか》のとちゅうで自転車《じてんしゃ》がふらついて、ころんでしまった。

自転車のかごから、塾《じゅく》のリュックが思いっきりふっとんで落《お》ちた。さいわいケガはなかったけど、お気に入りのサンダルに傷《きず》がついて、さらにひどいことに、自転車のチェーンがはずれてしまった。

タイヤがカラカラとまわる。アスファルトにすれたひざこぞうが、じんじんといたい。

小学校をとっくに通りすぎて、駅前《えきまえ》のトップ塾《じゅく》にたどりつく手前のできごとだった。

わたしは、いそいでリュックをひろい、かごにおしこんだ。自転車《じてんしゃ》はチェーンがからまわりするばかりで、こげなくなっていた。なんとか自転車をおして、駅前の交差点《こうさてん》までたどりつくと、イヤなやつに会ってしまった。

伊地知一秋《いちじかずあき》、五年三組の超問題児《ちょうもんだいじ》。

夏休みにまで、あんなやつと会うなんて！

伊地知は、朝っぱらから、駅前の交差点の横《よこ》にあるコンビニの前にいた。水《すい》泳《えい》教室に行くとちゅうとかではなく、明らかにぶらぶらしているかんじだった。コンビニのふくろから、なにかをとりだしている。おにぎりだった。伊地知は、おにぎりのビニールをはがすとその場でかぶりついていた。

コンビニの前には、がらの悪《わる》そうな中学生らしき人たちが何人《なんにん》かたむろしていた。なんだかイヤなかんじがした。

燃える

気づかれる前に、はやく通りすぎよう。

だけど、信号《しんごう》が赤になって、足どめされてしまったわたしは、伊地知《いちじ》に気づかれてしまった。伊地知は、わたしの自転車《じてんしゃ》のたるんだチェーンを見て、バカにしたような視線《しせん》をおくってきた。

最悪《さいあく》。

わたしは、すぐに背《せ》をむけて、信号が青になった瞬間《しゅんかん》、自転車をひっしにおして走った。

塾《じゅく》にたどりつくと、ほっとしたのもつかのま、今日も北極《ほっきょく》なみに冷房《れいぼう》ががんがんで、難関《なんかん》中学の問題《もんだい》は、ことごとくむずかしかった。そして、昼休みの前に、七月にうけた「月例《げつれい》テスト」の結果《けっか》がかえってきた。いつもは五位以内《いいない》をキープしているのに、なんと今回は十三位だった。この順位《じゅんい》ならクラスが落《お》ちることはないだろうけど、ショックだった。でもそれ以上に、わたしが不安《ふあん》になったのは、こんな順位じゃ、ママが心配《しんぱい》しちゃう……ってことだった。

昔《むかし》のイヤな記憶《きおく》がよみがえる。

思いだしたくないのに、ときどきわっとよみがえる、こわい記憶――。


あれは、小学校二年生のときのことだ。

工作をしていたわたしは、カッターナイフで手の指《ゆび》を切ってしまった。一センチくらいの切《き》り傷《きず》だったと思うけど、血《ち》がどくどくと流《なが》れでた。それを見たママは、真《ま》っ青《さお》になって悲鳴《ひめい》をあげ、救急車《きゅうきゅうしゃ》をよんだ。

わたしは、到着《とうちゃく》した救急隊員《たいいん》に包帯《ほうたい》をまかれ、ママは「これくらいのケガでしたら、救急車をよばなくてもだいじょうぶでしょう」といわれた。

死《し》ぬほどはずかしかった。でも、それ以上《いじょう》に、わたしのケガにさけび声をあげておびえるママが、こわくてたまらなかった。

そして、三年生のとき、わたしは算数のテストで五点をとってしまったことがあった。ママは、五点というあまりにひどい点数にうろたえて、家庭教師《かていきょうし》や塾《じゅく》に電話をかけまくり、あげくのはてに、カウンセリングをうけようとまでいいだした。けっきょく、その算数のテストは、解答欄《かいとうらん》がひとつずれていただけで、じっさいは九十五点だった。

あとからこの話をきいたパパは、のんきに笑《わら》っていたけれど、ママがひどくうろたえるすがたをまのあたりにしたわたしは、心臓《しんぞう》をぎゅっとつかまれたみたいに苦《くる》しくて、ただただこわかった。

ほかにも、こわいことや、おかしいと思うことはたくさんあった。

ママの考えかたや、ママがいうことは、ほかのおとなたちとずれている……？　とかんじはじめたのはいつごろだろう。とにかく、ママがいうことは、「家の外では通じない」ことが多かった。

そして、わたしはいつしか、かたく、強く、思うようになっていった。

――ママには、ぜったい心配《しんぱい》をかけてはいけない――

たとえ、学校でなにがあっても。

たとえ、塾《じゅく》の勉強《べんきょう》がどんなにむずかしくても。

これは、ひそかにまもるべきわたしの使命《しめい》だった。だから、勉強もがんばってきた。中学受験《じゅけん》をするときめたのだって、わたし自身《じしん》の意志《いし》だ。

それなのに、十三位《い》……。

昼休み。お弁当《べんとう》のふたをあけたら、みごとな寄《よ》り弁《べん》になっていた。自転車《じてんしゃ》でころんだせいだ。デザートのメロンもつぶれていた。お弁当のふちが、しるでべたべたになっていた。

塾《じゅく》がおわると、わたしは自転車《じてんしゃ》をひきずりながら家に帰った。とちゅうで、何度《なんど》もチェーンをなおそうといろいろいじったけれど、手が真《ま》っ黒《くろ》になって、いたくなるだけだった。

家について、ママに自転車を見せたら、

「まあ、たいへんだったわねえ、アンナちゃん。帰ってきたらパパになおしてもらいましょう。それより、アンナちゃん、今日のお弁当《べんとう》どうだった？　おばあちゃんがおくってくださったメロン、おいしかったでしょ？　高級《こうきゅう》なものなのよ。あらあ、アンナちゃんたら、手が真っ黒じゃないの。はやくあらってらっしゃい」

ママは、やさしく笑《わら》っていった。

わたしは、「月例《げつれい》テスト」の順位《じゅんい》が、十三位にさがったことをいえなかった。ぬれた手のまま、電気もつけない暗《くら》い部屋《へや》で、成績表《せいせきひょう》を小さくおりたたんで、つくえの本だなのはしっこに、そっとおしこんだ。

英語辞典
国語辞典

5 土曜日、塾《じゅく》

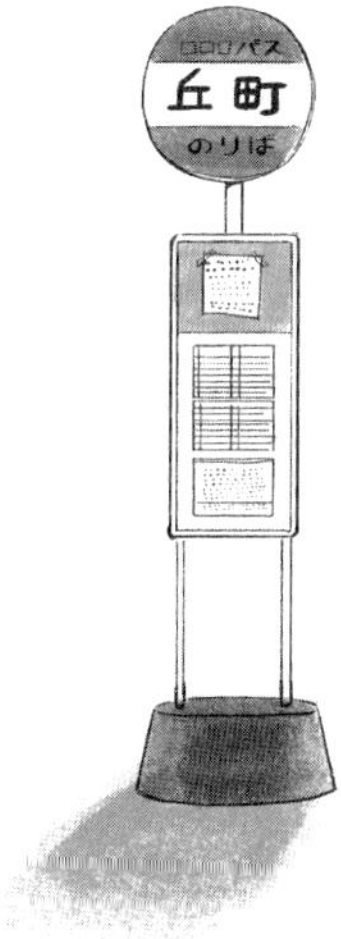

なんてことだろう。

最悪《さいあく》だ。

自転車《じてんしゃ》のチェーンは、パパでもなおせないくらい、ややこしいはずれかたをしていた。

「こりゃあ、自転車屋《や》さんにもっていったほうがはやいな。あとで、パパがもっていこう」

わたしは、パパに自転車をあずけて、今日の塾《じゅく》はバスで行くことにした。ママは、バス代《だい》をわたしながら、何度《なんど》も念《ねん》をおした。

「五つめよ、五つめの『丘町駅《おかまちえき》』バス停《てい》でおりるのよ。まちがっても、『千里《せんり》台《だい》行き』だけにはのっちゃだめよ。路線《ろせん》がちがうからね」

「うん」

「やっぱり、ママもついていこうかしら」

「だいじょうぶだってば」

バスくらい、いままで何回《なんかい》ものったことあるし、そんなに心配《しんぱい》しないでほしい。だいいち塾《じゅく》に行くのにママについてきてもらうなんて、そんなこっぱずかしいこと、ぜったいにいやだ。

「熱中症《ねっちゅうしょう》にならないようにね」

ママは、いつものように麦わらぼうしをわたしの頭にかぶせて、保冷剤《ほれいざい》をくるんだタオルをわたしてくれた。麦わらぼうしのつばで視界《しかい》がせまくなって、ママの顔が見えなくなる。

「いってきます」

ママの「いってらっしゃい」をまたずに、玄関《げんかい》のとびらをしめた。

ほっと息《いき》がもれた。

家の近くのバス停《てい》でまっていたら、道のむこうから赤い市バスがやってきた。千里台《せんりだい》行きではない。わたしは、いちばんうしろの席《せき》にすわった。高い座席《ざせき》に、背《せ》がのびたような気分になる。すずしい冷房《れいぼう》を頭の上からあびながら、まどの外の景色《けしき》をながめた。

ぎらぎらの太陽《たいよう》に反射《はんしゃ》する、アスファルトの道路《どうろ》。

てかてかと光る、車と建物《たてもの》。

上をむくと、目がいたくなるほどのまぶしい青空。

すべてのものが、夏まっさかりだった。

バスが、小学校の横《よこ》を通りすぎていく。生《い》け垣《がき》と、ダイヤのかたちのあみ目もようのフェンスをこえて、長方形にきらめく水色が見えた。

まぶしくて、思わず目を細めた。

遠ざかっていく学校のプールをながめながら、わたしは、むねにだいた紺色《こんいろ》のリュックの「T《ティー》」の字を、無意味《むいみ》に指《ゆび》でなぞったり、横《よこ》にぶらさがっている三つのおまもりをにぎったりしていた。

アナウンスが流《なが》れて、バスがとまった。とまったバス停《てい》にならぶ人たちの列《れつ》のなかに、見おぼえのある子がいた。

「あ」

春山《はるやま》さんだった。

なんとなく気まずい気がして、わたしは、とっさに麦わらぼうしを深《ふか》くかぶって顔をかくした。

春山さんはわたしに気づかず、まんなかあたりの席《せき》にすわった。となりにいるのは、おかあさんだろうか。おかあさんと、しきりになにかしゃべっている。

わたしは、そっと耳をそばだてた。

「見学だけだから」

「ほんとにー？」

「ちょっと見るだけだって」

なんの話をしているんだろう。

「やっぱり、イヤだよー、おかあさーん」

春山さんが、おかあさんのうでにしがみついて、ぶんぶん首をふっていた。

まるで低学年《ていがくねん》の子みたいなしぐさだ。

あんなこと、わたしはママに対《たい》してできない。

「もう、見学だけしたら帰るっていってるじゃない」

「だってー」

「そうだ、ましろ、見学したら、帰りに駅前《えきまえ》のショッピングモールで、あんたがすきな〈スマイル・リップちゃんのリップ〉買ってあげるよ。ピンク色のやつ、前からほしがってたでしょ？」

「う……、ほしい。でもー」

春山さんは、ああだこうだいって、さんざんなやんだあげく、しぶしぶうなずいていた。

いったい、なにを見学しに行くんだろう。考えているうちに、バスは丘町駅《おかまちえき》前《まえ》についた。春山さんと、おかあさんがおりていく。

わたしも、気づかれないようにあいだをあけて、バスからおりた。さっさと行ってほしいのに、春山さんたちは、わたしが行こうとするほう、行こうとするほうへと歩いていった。あまりにも同じ道を歩いていくものだから、だんだんイヤな予感《よかん》がしてきた。

まさか……。

その予感は的中《てきちゅう》した。

わたしは、「T《ティー》」の字がかがやく看板《かんばん》の数メートル手前で立ちどまった。

「ほら、見学だけだから」

おかあさんにひっぱられながら、春山さんがはいっていったのは、なんとトップ塾《じゅく》だった。

あの勉強《べんきょう》ギライの春山さんがトップ塾《じゅく》に来るなんて、ありえない。見学だけにしたって、かけはなれすぎている。だいたい、あの春山さんがトップ塾の授《じゅ》業《ぎょう》についてこられるはずがない。でも、いちばん下の「D《ディー》クラス」なら、どうだろう……。

いや、それより、トップ塾は見学とどうじに入塾テストをうけることになっている。そのことを春山さんは知っているのだろうか？　わたしが見学と入塾テストをうけたとき、ママがさんざん下調《したしら》べをしたからおぼえている。見たところ手ぶらみたいだけど、だいじょうぶなんだろうか。

おかあさんと受付《うけつけ》へむかう春山さんのうしろすがたを、わたしはこっそりと見おくった。春山さんが、わたしと同じ「特進《とくしん》クラス」にはいってくることはないだろうけど、塾と春山さんは、やっぱりあわなさすぎる気がした。

授業がはじまって数時間がたった。

春山さんは、「特進《とくしん》クラス」の見学には来なかった。たぶんC《シー》かD《ディー》クラスあたりの見学に行ったんだろう。CとDには、同じ丘町小《おかまちしょう》の子も何人《なんにん》かいたはずだ。とりあえず、春山さんと顔をあわせずにすんで、少しほっとしていた。

上着《うわぎ》からつきでた細くて白いわたしの右手が、文字や数字をノートにきざみこんでいく。冷房《れいぼう》で体はひえきっていたけれど、手のひらだけはあせばんでいた。

計算問題《もんだい》、文章《ぶんしょう》問題、応用《おうよう》問題、図形問題、漢字《かんじ》、慣用句《かんようく》、読解《どっかい》、グラフ、地図、実験《じっけん》問題、自然現象《しぜんげんしょう》。

+、−、×、÷、%、cm、m、km、mg、g、kg、円周率《えんしゅうりつ》3.14……。

上着の右そでが、ノートにこすれて、だいぶ黒くなったころ、昼休みになった。

いつものように、わたしはひとり、もくもくとお弁当《べんとう》を食べた。

つくえのはしにかためた消《け》しゴムのかすの山が、今日はいつもより多い。小数点のややこしい計算問題がたくさんあって、何度《なんど》もひっ算しなおした努力《どりょく》のザンガイ。

デザートのいれものをあけると、またスイカがはいっていた。水っぽくて、種《たね》ばかりの赤いかたまり。すきじゃないのに。

ふと、春の遠足のとき、四季《しき》くんにもらったいちごを思いだした。あのとき、伊地知《いちじ》は食べなかったけど、三班《ぱん》のみんなで食べたんだよね。真《ま》っ赤《か》にうれて、あまくて、すごくおいしいいちごだったな……。

授業《じゅぎょう》がおわって塾《じゅく》を出たら、外はまだまだ明るかった。

帰りのバスのなかから、駅前《えきまえ》のショッピングモールが見えた。

そういえば、春山さんは塾を見学したあと、ショッピングモールに行ったのかな。〈スマイル・リップちゃんのリップ〉とやらは、おかあさんに買ってもらったのかな……。

つかれた脳《のう》みそで、ぼんやりそんなことを考えていた。

家に帰ると、ママがあわただしく、クローゼットからいろいろなものを出していた。パパの黒いスーツと、ママの黒いワンピースが、すでにひっかけられている。

「どこか出かけるの？」

数秒《すうびょう》おくれて、ママが顔をあげた。

「ああ、アンナちゃん、たいへんなの。パパの会社の上司《じょうし》のかたが、きゅうに亡《な》くなられたんですって」

「亡くなった？」

パパは、連絡《れんらく》をうけてすぐに会社にむかったらしい。そのままお通夜《つや》にも行くという。

「あした、お葬式《そうしき》なんですって。ママも行かなくちゃいけないの。もう、どうしましょう」

「あした……？　お葬式……？」

あす、八月十日は、塾《じゅく》の月例《げつれい》テストだ。

それだけじゃない、あしたはわたしの誕生日《たんじょうび》だ。

わたしは自分の部屋《へや》にもどって、塾のリュックをどさりとゆかに落《お》とした。

はあ……。

つくえの本だなのはしに、先月の月例テストの成績表《せいせきひょう》が、おしこんだままのかたちで、ななめにつきささっていた。

6 日曜日、月例《げつれい》テスト

つぎの日、黒い服《ふく》を着《き》たパパとママは、朝からあわただしかった。

「アンナちゃん、悪《わる》いけど、今日のお昼は、なにか買って食べてくれるかしら。ママ、今日はお弁当《べんとう》をつくれそうにないの。ごめんね、月例《げつれい》テストなのに、お誕生日《たんじょうび》なのに……」

わたしは、塾《じゅく》の用意《ようい》をしながらうなずいた。

「せっかくレストランも予約《よやく》したのに、予約時間にまにあえばいいけど、もしまにあわなかったら、来週にかえてもらうわね」

わたしは、だまったまま、またうなずいた。

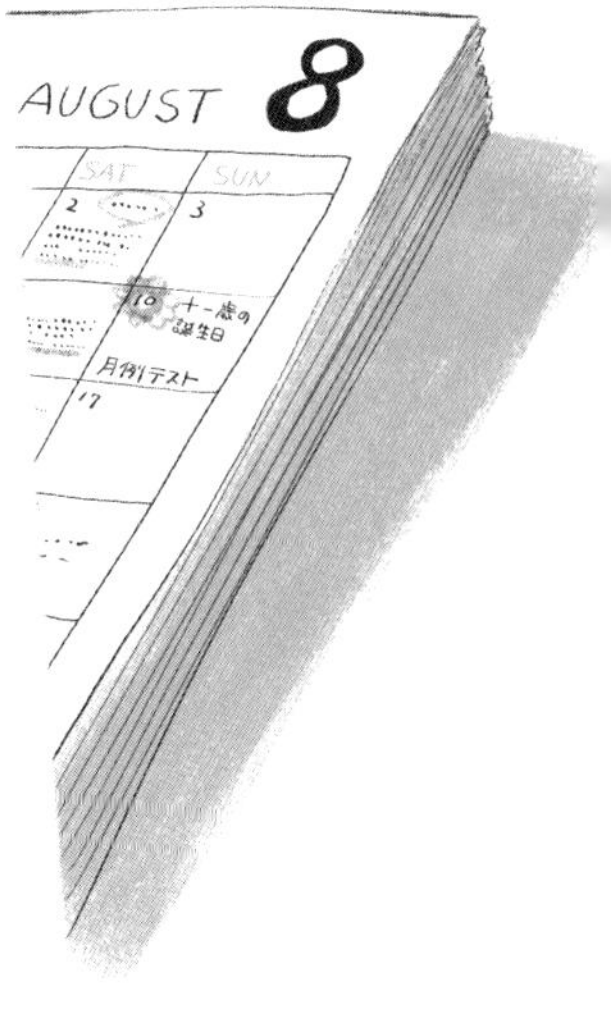

「アンナ、カギはちゃんとしめるんだぞ。できるだけはやく帰ってくるからな」

お昼ごはんのお金をわたすと、パパとママは、いそいで玄関《げんかん》を出ていった。

ぽつんとリビングにとりのこされたわたしは、しばらくぼんやりしてから動《うご》きだした。

「塾《じゅく》、行こう」

お金をにぎりしめて立ちあがり、紺色《こんいろ》のリュックをせおう。玄関を出て、足がとまる。

「自転車《じてんしゃ》がない……」

そういえば、きのうパパはお通夜《つや》に行ってしまって、自転車屋《や》さんに行けなかったんだ。

「とりにいかなくちゃ」

わたしは玄関を出て歩きだした。

いつもは自転車で一瞬《いっしゅん》にして通りすぎる道を、今日は一歩ずつ歩く。

暑《あつ》さのせいで、すぐに体じゅうからあせがふきだした。麦わらぼうしをかぶりわすれていたことに気がついて、一瞬《いっしゅん》家までとりにかえろうかと思ったけど、めんどうくさくなってやめた。

空は真《ま》っ青《さお》で、とてつもなくまぶしかった。直射日光《ちょくしゃ》をあびた髪《かみ》の毛《け》が熱《あつ》い。保冷剤《ほれいざい》をくるんだタオルをあてたくなったけど、今日はそれもなかった。テキストをつめこんだ重《おも》たいリュックがかたに食いこむ。

自転車屋《じてんしゃや》さんは、小学校の前を通る道のさきにあった。がんこそうな、いかついおじいさんがひとりでやっているその自転車屋さんには、通学とちゅうの中学生や高校生たちが、パンクしたタイヤをなおしてもらったり、タイヤの空気をいれにきているのを何度《なんど》か見たことがある。

小学校が見えてきた。あまり通りたくない道だけど、この道を通らないと自転車屋さんに行けない。

あれ？　そういえば、考えてみたら、今日は日曜日だ。ということは、水泳《すいえい》教室もないはず。だったら、だれとも会うことはないだろう。

少しほっとして、わたしは生け垣《いがき》と、ダイヤのかたちのあみ目もようのフェンスを見つめた。ずっと見ていたら、ピントがおかしくなってきて、うしろに見えていたプールがまぼろしのようにぼやけてきた。

目をつむって、頭をふる。ふたたび目をあけると、げっ！

道のむこうに、飛田瑠花《とびたるか》がいた。ドレッドヘアに、おへそが見えそうなほど短《みじか》いタンクトップを着《き》ている。

なんでいるの？　今日は、水泳《すいえい》教室はないはずでしょ。

飛田瑠花は、はでなスポーツバッグをかたにかけて歩いていた。わたしは、とっさにそばのわき道にはいった。サンダルの足が勝手《かって》に動《うご》いていた。自転車《じてんしゃ》屋《や》さんから、どんどんはなれていく。

なんでわたしが、かくれようとするの？

自分で自分の行動《こうどう》に、くやしくなる。

無視《むし》すればいいのに。にらんできたって、無視すればいいだけなのに。自転《じてん》車《しゃ》にのっていたら、あんなやつの前、一瞬《いっしゅん》で通りすぎるのに。

わき道をつっきったら、大通りに出た。目の前を赤い市バスがスーッと通りすぎていく。

まって、まって！

バスは数メートルさきのバス停《てい》にとまった。いつものるバス停の、つぎのバス停だった。わたしはダッシュしてバスにとびのった。

バスのなかの冷気《れいき》にほっとする。あいている席《せき》にどさりとすわると、体から力がぬけて、かたからリュックがずりおちた。

自転車は、また今度《こんど》とりにいこう。今日はこのままバスで塾《じゅく》に行こう。丘町《おかまち》駅《えき》につくまで、まどの外は見ない。小学校のほうはぜったいに見ない。イヤな飛田瑠花《とびたるか》のことは頭から消《け》す。

ガタガタとバスがゆれる。

紺色《こんいろ》のリュックの「T《ティー》」の字を指《ゆび》さきでなぞりながら、リュックにぶらさがった三つのおまもりをぎゅっとにぎる。そうやって、わたしはずっと下をむいていた。

そういえば、お昼ごはんはどこで買おう。あの交差点《こうさてん》のところのコンビニで買おうか。でも、また伊地知《いちじ》に会ったらイヤだな。

それにしても、今日はやけにカーブが多いな。それに、なかなかつぎのバス停《てい》につかない。なんか、おかしい……。

異変《いへん》に気づいたのは、ききおぼえのないバス停のアナウンスが流《なが》れたときだった。

「つぎは、天原町《あまはらちょう》〜天原町」

「え？」

わたしは、きょろきょろとあたりを見まわした。まどの外には、まったく見おぼえのない景色《けしき》があった。あわてて運転席《うんてんせき》の左上の電光掲示板《けいじばん》を見ると、

「千里台行《せんりだい》き」と出ていた。

うそ、バスをのりまちがえた！

どうしよう。とまって、とまって！

バスは見知らぬ町をようしゃなく、ぐんぐん進んでいった。カーブや上《のぼ》り坂《ざか》もふえていく。

むねがドキドキして、こわくなる。

このままじゃ塾《じゅく》に遅刻《ちこく》しちゃう。「月例《げつれい》テスト」は、十分すぎたらうけさせてもらえないんだ。ううん、それよりわたし、ちゃんと塾にたどりつけるんだろうか。もとの道にもどれるんだろうか。

とにかく、つぎのバス停《てい》でおりなくちゃ！

いそいで降車《こうしゃ》ボタンをおした。けれども、つぎのバス停にはなかなかつかなかった。ずいぶん長い坂道《さかみち》をのぼってから、ようやくバスはとまった。わたしはひとり、見知らぬバス停におりた。

目の前には、ななめにつらなる、静《しず》かな住宅街《じゅうたくがい》がならんでいた。人がいない。

ここはどこなんだろう。見知らぬ景色《けしき》に足がすくむ。

わたし、帰れるのかな……。

高台のむこうに、小さくなった町の景色がひろがっていた。

なんてところまで来てしまったんだろう。

右のほうに、見おぼえのある山が見えた。遠くに見えるけど、たぶんあれは八甲山《はっこうさん》。春の遠足でのぼった山だ。大雨がふってたいへんだった遠足。

下のほうを見ると、ごみごみした街《まち》なみと線路《せんろ》、大きな建物《たてもの》が見えた。

あのショッピングモールがあそこに見えるってことは、あのへんが丘町駅《おかまちえき》あたりかな。なんとか進むべき方向《ほうこう》はわかったけど、どのくらい距離《きょり》があるんだろう。ずいぶん遠くはなれた場所《ばしょ》まで来てしまった。

わたしは帰りの路線のバス停《てい》をさがした。すると、上り道のさきのほうに、かかしのようにぽつんと立ったバス停が見えた。

下り道のほうにあればいいのに。

もう二度《にど》と「千里台行《せんりだい》き」のバスにはのらないとちかいながら、わたしは、ふんばって坂道《さかみち》をのぼっていった。下をむいたままのぼっていったら、白いサンダルばかりが見えて、また、春の遠足のことを思いだしてしまった。あのときはくつずれしたけれど、いまはもう、だいぶはきなれている――。

やっとのことで「天原町《あまはらちょう》」と書かれたバス停《てい》にたどりつくと、わたしは時刻《じこく》表《ひょう》を見あげて、リュックのポケットにいれていたうで時計を確認《かくにん》した。

「うそでしょ！」

つぎのバスが来るまで、五十分もあった。

7　ひとりぼっちの夏休み

もう、「月例《げつれい》テスト」にはまにあわない。
五十分なんて……。そんなにおくれたら、たとえ塾《じゅく》にたどりついても、「月例テスト」はうけさせてもらえない。
わたしは「月例テスト」が、四教科で五〇〇〇円かかることを知っている。それだけじゃない。トップ塾の月謝《げっしゃ》が、ほかの塾よりもすごく高いことだって知っている。
うっかりバスをのりまちがえたとはいえ、自分がものすごく悪《わる》いことをしている気がして、苦《くる》しくなる。「月例テスト」をうけなかったなんて、ママが知ったらどうなるだろう。

きっと、この世《よ》のおわりのようにパニックになる。

気が重《おも》い。

体も重い。

暑《あつ》い。

あせがとまらない。

死《し》にそうな気分。

だけど、それよりも、いまはこの状況《じょうきょう》をなんとかしなきゃ。

時計を見ても、まだ一分しかたっていない。

こんなところで、五十分もまってなんかいられない！

とにかく塾《じゅく》にむかおう。わたしは暑い空気のなかを歩きだした。

アスファルトをふみしめて坂道《さかみち》をくだっていく。下《くだ》り坂《ざか》なのはよかったけれど、目の前につづく道には、ひとかけらのかげもなかった。アスファルトの照《て》りかえしが目につきささる。地面《じめん》がゆらゆらとゆらめいている。

もしかして、これは、「逃《に》げ水《みず》」ってやつ？

わたしははじめて見る「逃げ水」を見つめながら、この前の塾《じゅく》の理科の授業《じゅぎょう》で習《なら》ったことをぼんやり思いだしていた。

太陽《たいよう》光線のいたずら。

砂漠《さばく》などにおきる、蜃気楼現象《しんきろうげんしょう》。

ほんとうはないのに、あるように見える。

まぼろしの水、オアシス――。

そうか、ここは砂漠なんだ。冷房《れいぼう》がんがんの塾が北極《ほっきょく》なら、ここは砂漠……。

それなら、いったいどこにオアシスはあるの……？　って、わたしったら、いったいなにを考えているの？

ただもくもくと歩いていると、ふしぎなほどおかしなことを考えてしまう。

暑《あつ》さのせいだ。暑すぎて、頭がおかしくなったんだ。

暑《あつ》い、暑い、暑くてたまらない。

そういえば、「暑い」と「熱《あつ》い」と「厚《あつ》い」を書くときはまちがえないようにと、塾《じゅく》の先生がいってたっけ。こういう基本的《きほんてき》なことをまちがえないことが点数につながるんだと。ほかにも、「温《あたた》かい」と「暖《あたた》かい」も使《つか》いかたをまちがえるな、ひっかかるなといってたっけ……。

あーあ、漢字《かんじ》なんか、いまぜんぜん関係《かんけい》ないのに、バカみたい。

サンダルのつまさきが地面《じめん》にひっかかってつまずいた。指《ゆび》のさきがじんといたくなる。

痛《いた》みとともに、また春の遠足のことを思いだしてしまった。春の遠足のことを思いだすたび、わたしはいつも、わーっとさけびそうになる。

あのときのわたし、かなりはずかしい自分をさらしていたな。山登《やまのぼ》りをしたくなくて仮病《けびょう》を演《えん》じたのにうまくいかなくて、そのことで春山《はるやま》さんにあたりちらしてしまった。お気に入りの白いワンピースもどろだらけになるし、サンダルをはいた足はくつずれをおこすし……。

ほんとうにもう、いろいろはずかしい。四季《しき》くんにもらった「ポケット・ロボスター」のばんそうこうをはりまくった足も、はずかしかった。

いまになって思うと、なんてバカなことをしたんだろうって思う。もう、ぜんぶなかったことにしたい。でも、自分勝手《かって》な行動《こうどう》をして道に迷《まよ》って、あげくのはてにズボンがやぶれてパンツ一丁《いっちょう》になった伊地知《いちじ》ほどじゃないけれど。

わたしは、立ちどまってリュックをひらいた。のどがかわいて、お茶が飲《の》みたくなった。だけど、リュックのなかにお茶ははいっていなかった。

そうだ、今日は水筒《すいとう》も用意《ようい》していなかったんだ。いつもはママがちゃんと用意してくれているのに……。

ああ、ものすごくのどがかわいた。

つる草がからまった電信柱《でんしんばしら》のむこうに、自動販売機《じどうはんばいき》が見えた。わたしは早歩きで自動販売機にむかった。自動販売機には、カラフルなビンや缶《かん》、ペットボトルのお茶やジュースがならんでいた。お昼ごはん代《だい》にわたされた千円札《さつ》をいれて、迷《まよ》わず、はじけた水玉の絵がかかれたサイダーのボタンをおした。けれども、サイダーの缶《かん》は落《お》ちてこなかった。カチャカチャと何度《なんど》ボタンをおしても反応《はんのう》しない。

「なんで？」

顔を近づけてよく見ると、つり銭切《せんぎ》れのランプが光っていた。最悪《さいあく》。小銭《こぜに》はもう、バス代に使ってしまってなかった。こういう炭酸系《たんさんけい》の飲《の》みものって、ふだんママはぜったいに買わないから飲んでみたかったのに。

わたしは、ぐっとつばを飲みこんだ。

まあいい、べつの自動販売機《じどうはんばいき》かコンビニで買えばいいんだから。

わたしは、またもくもくと炎天下《えんてんか》のなかを歩きだした。だけど、駅《えき》からはなれているせいか、コンビニらしき店は見えなかった。自動販売機もなかなか見あたらない。

茶色っぽいさびれた喫茶店《きっさてん》が一軒《けん》あったけど、ひとりではいる勇気《ゆうき》はなかった。ほかに見えるものは、坂道《さかみち》と、ななめにつづく住宅《じゅうたく》と、原っぱだけ。

車はたまに通るけど、歩いている人もいない。道しるべとなるものは、丘町《おかまち》駅《えき》のほうからきこえる電車の音と、ショッピングモールの大きな看板《かんばん》だけ。

日本って、一億《おく》二千万人以上《いじょう》の人間がいるはずじゃなかった？

たしか塾《じゅく》の社会の授業《じゅぎょう》でそう習《なら》った。それなのに、こんなにも人がいない場《ば》所《しょ》があるなんて。まるで人類《じんるい》がいないＳＦ《エスエフ》の世界《せかい》みたい――。

なんで、わたし、こんなところをひとりで歩いているんだろう。

なんか、みじめ。

ひとりぼっち。

のどがかわきすぎてひからびているのに、なみだが出そうになる。

グーっとおなかが鳴った。だれもまわりにいないのに、すごくはずかしい。

うで時計を見たら、もう十二時前だった。

もう、完全《かんぜん》に「月例《げつれい》テスト」はうけられない。

おくれてたどりついても、きっと、みじめなだけ。

もう……、家に帰ろうかな。

でもその前に、なにか飲《の》んで食べなくちゃたおれてしまいそうだ。

しばらく歩くと、木々にかこまれた公園が見えてきた。

ブランコやすべり台がある横《よこ》に、ボールあそびができそうな広場と、公民館《こうみんかん》みたいな建物《たてもの》がたっていた。その建物のはしに、小さな売店が見えた。

近づいてみると、雑誌《ざっし》やちょっとした日用品《にちようひん》とともに、食べものも売られていた。売店にいるおばあさんは、あけているのかとじているのかわからないほど細い目で、うつらうつらとねむそうな顔をしていた。

正直、ぱっとしない品《しな》ぞろえだった。種類《しゅるい》の少ないおかしに、あまそうなだけのパン。おなかの足しになりそうなものといえば、黄色いたくあんがおかざりのようにのった、パックにはいった三角形のおにぎりセットくらいだった。

ふたつ入りで二六〇円か……。

あまりおいしそうには見えなかったけど、ほかにお店もなさそうだったから、紙パックのお茶といっしょに買った。

公園の横《よこ》の広場にもどって、日かげにあるベンチをさがしてすわる。

パックのおにぎりには、うめぼししかはいっていなかった。せめてシャケかタラコだったらよかったのに。

公園の木から、いつもの何十倍《なんじゅうばい》もはげしいセミの鳴き声がきこえる。けたたましい笑《わら》い声《ごえ》と、小さな子どものかん高い泣《な》き声《ごえ》もきこえてくる。

となりのベンチで、赤ちゃんをつれたおかあさんたちが、おかしを食べながら楽しげにおしゃべりしていた。そのとなりでは、幼稚園生《ようちえんせい》くらいの子どもたちをつれた家族《かぞく》が、おいしそうにお弁当《べんとう》を食べていた。

わたしはひとり、パックのおにぎり。

しゃべることも、楽しむこともなく、ただ、おなかを満《み》たすためだけに食べている。ふだん塾《じゅく》でもやっていることだ。消《け》しゴムのかすを見ながら食べる、塾の昼休みといっしょ。ただ、場所《ばしょ》が公園ってだけ。

それなのに、なんだろう。

この、ひとりぼっち感《かん》。

なんか、わたし、ひとりだけ場ちがいなところにいるよね。

おなかがすいていたはずなのに、おなかがおにぎりをうけつけない。

ふたつで二六〇円のおにぎりセット。ということは、ひとつ一三〇円のおにぎりか。いや、それじゃ、たくあんとパック代《だい》がはいっていない。

バカみたい……。

こんなときにも計算してしまう自分が。

そして、わたしはまた、春の遠足のことを思いだしてしまった。

あの日、ママがつくってくれたクラブハウスサンドとキッシュは、すごくおいしかった。ほんとうは仮病《けびょう》をつかって、山をおりて、ひとりで優雅《ゆうが》に食べるつもりだったけど、けっきょく三班《ぱん》のみんなと食べることになった……。

二六〇円の値札《ねふだ》がはられたおにぎりのパックが、太陽《たいよう》の光にチカリと反射《はんしゃ》する。

その瞬間《しゅんかん》。

あの日の伊地知《いちじ》のお弁当《べんとう》が、頭によみがえった。

はげしい雨のなか、真《ま》っ暗《くら》なトンネルのなかで、伊地知が地面《じめん》に落《お》としてしまったお弁当。

ぐちゃぐちゃにちらばった、ごはんやおかずのザンガイ。

三六〇円のコンビニ弁当だった――。

伊地知なんか死《し》ぬほど大きらいだけど、遠足にコンビニ弁当をもってくるなんて……。

頭のすみからはなれなくて、あの日から、ふとした瞬間《しゅんかん》に思いだしていた。

そういえば、きのうコンビニの前で食べていたおにぎりって、もしかして、朝ごはんだったのかな……。

伊地知《いちじ》の親は、遠足のお弁当《べんとう》だけじゃなくて、朝ごはんもつくってくれない人なのかな……。それとも、つくれない事情《じじょう》があるのかな……。

へんなの。

なんでわたしは、こんなところでおにぎりを食べながら、大キライな伊地知のことなんか考えているんだろう。

今日は誕生日《たんじょうび》なのに、最悪《さいあく》すぎる……。

ちょうどそのとき、目の前を、一台の自転車《じてんしゃ》が通りすぎた。わたしは、自転車にのっている人に、はっと目をうばわれた。

目がさめるような蛍光《けいこう》ピンクのワンピース。マントのように首にまかれた、バスタオル。こしにすぽっとはまった、うきわ。おでこにきらりと光る、水中めがね──。思わずさけんでいた。

「春山さん？」

8 プールと、いちごソーダのかき氷《ごおり》

キキーっとブレーキ音がして、自転車《じてんしゃ》がとまる。

自転車にまたがったまま、ふりかえったその人は、まちがいなく、同じ五年三組三班《ぱん》の春山《はるやま》ましろだった。

一瞬《いっしゅん》、ヒーローごっこをしている子どもかと思った。

「あれ？　夏木《なつき》さん？」

おどろきつつも、春山さんはにこにこ笑《わら》いながら、自転車をバックさせてもどってきた。

まずい。思わずよびとめてしまったけれど、べつに用事《ようじ》があるわけじゃない。

どうしよう。

あせっていると、春山さんはもう目の前にいた。くりくりの大きな目がまばたきしている。

「こんなところで会うなんてびっくり。夏木さんもあそびに来たの？」

わたしは、もっていたおにぎりをうしろ手にかくした。塾《じゅく》に行くとちゅう、バスをのりまちがえてこんなところにいるなんて、はずかしくて、ぜったいにいえない。

「ちょっと、用事《ようじ》があって……」

春山さんは、こしにはめたうきわをくるくるまわしながら、あっけらかんといった。

「へー、あたしはプールに行くところだよ」

見たらわかるよ。ていうか、学校の水泳《すいえい》教室だけじゃなくて、日曜日までプールに行くなんて、どんだけプールがすきなの？

春山さんの顔やうでは、こんがり小麦色に焼《や》けてぴかぴかしていた。

「なんか、すごいかっこうだね」

わたしは、あらためて春山さんのすがたを上から下までながめた。

よく見ると、春山さんが着《き》ている蛍光《けいこう》ピンクのワンピースは、服《ふく》じゃなくて水着《みずぎ》だった。ちゃんと下に短《たん》パンははいているようだけど、水着のまま外を歩くなんて。しかも、その首にまいたバスタオルも、こしにはめたうきわも、おでこで光る水中めがねも！　そんなかっこうで外を歩くなんて、信《しん》じられない。

五年生女子として、かなりどうかと思う。

「なんか、ヒーローみたいなかっこうだね」

思わずへんなことを口走ってしまった。

「ヒーロー？　えー、あたし、そんなふうに見える？」

春山さんは、なぜかうれしそうな顔をした。

えへへっと、てれくさそうに笑《わら》ったりもしている。

べつにほめてないんだけど。

ほんとうは、「ヒーローごっこをしている子どもみたいだね」って、いおうとしたら、へんにことば足らずになってしまった。

「家からここまで、そのかっこうで来たの？」

「うん、ここの空《そら》プール、着《き》がえるとこないから」

「空プール？」

首をかしげるわたしに、春山さんは反対《はんたい》におどろいた顔をした。

「えー？　夏木さん、ここの空プール知らないの？　うわー、知らないなんてもったいないっ。おいでよ！」

「え？　ちょっと」

強引だなと思ったけど、さそわれるまま、春山さんについていってしまった。

あわてて、おにぎりのパックをリュックにおしこむ。勉強《べんきょう》ギライの春山さんは、学校にいるときの何倍《なんばい》もすばやかった。自転車《じてんしゃ》を広場のすみにとめて走りだす。

「はやく、はやく！」

走る春山さんを、わたしは追《お》いかけた。

広場をピューっと走りぬけて、大きな石の階段《かいだん》をかけのぼる。階段のてっぺんにある植《う》えこみのすきまから、きらりとなにかが光った。

わたしは、植えこみをこえて、石の階段をゆっくりおりていった。

ダイヤのかたちのあみ目もようのフェンスのむこうに、街《まち》なみが海のようにひろがっている。まぶしく光るたくさんの屋根《やね》。ミニチュアのような建物《たてもの》と、線路《せんろ》。巨大《きょだい》な入道雲。そして、それらを背景《はいけい》にきらめく、水色――。

逃《に》げ水《みず》？　それとも蜃気楼《しんきろう》？

それは、砂漠《さばく》のはてに見つけたオアシスのようだった。

なんてきれいなの。まるで、まるで……。

「空みたい……」

わたしは、ため息《いき》とともにつぶやいた。

「だから、空《そら》プールなんだよ！」

春山さんは、あっけらかんと笑《わら》った。

夏の青空を一面《いちめん》にうつした高台の上の空プールは、貝がらのかたちをしていた。学校のプールより小さいけれど、手前から奥《おく》へ行くにつれ、深《ふか》く広くなっていた。いちばんひろがったさきは、ちょうど高台のはしっこで、そのまま空へ泳《およ》いでいけそうだった。

プールをのぞくと、とうめいな水のむこうに、少しはげた水底《みなそこ》が見えた。深いところでも、わたしのおへそくらいの高さしかなさそうだ。

何人《なんにん》かの子どもたちが、水着《みずぎ》すがたであそんでいた。幼稚園生《ようちえんせい》くらいの小さな子もいる。水をかけあったり、泳いだり、楽しく笑う声がひびいてくる。

深いほうのプールのはしに桟橋《さんばし》がのびていて、そこから、バシャバシャとびこんでいる子もいた。きらきらと水しぶきがはねあがる。

あまりにも楽しそうで、まぶしくて、わたしは何度《なんど》もまばたきした。

「いいでしょ、ここ。小さいときから、あたしのお気に入りの場所《ばしょ》なんだ！」

ジャバーン！

大きな水しぶきをはねあげて、春山さんがいきおいよくプールにとびこんだ。

「わっ！」

思いっきり水しぶきがかかってしまった。

春山さんは、準備運動《じゅんびうんどう》もせず、わたしがぬれたことも気にせず、うきわにすっぽりはまってクラゲのように泳《およ》ぎだした。

まったくもう。

「春山さん、お金ははらわなくていいの？」

わたしたちはまだプール代《だい》をはらっていない。勝手《かって》にプールにはいっていいはずがない。

「ここ、無料《むりょう》なんだよー」

ぷかぷかうきながら、春山さんがのほほんといった。

「無料《むりょう》？」

春山さんがいうには、この空《そら》プール、正式名称《せいしきめいしょう》「丘町自然《おかまちしぜん》公園プール」は、だれでもあそべる無料のプールだそうだ。ただし、更衣室《こういしつ》もなければロッカーもない。ベンチとシャワーはかろうじてあるけど、ちゃんとした設備《せつび》はととのっていない、まさに自然の池のようなプールだった。

これじゃあ、水着《みずぎ》のままあそびに来るしかないのもうなずける。でも、近所《きんじょ》ならまだわかるけど、こんな遠くまで水着で来る春山さんって、やっぱりすごいかも。ある意味《いみ》、ヒーロー？

目の前を、おむつをはずしたすっぽんぽんの男の子が、キャーキャーさけびながら走っていく。この水、ちゃんとだれかが管理《かんり》しているのだろうか……。ぜったい、おしっこだらけだ。

「ちゃんと、毎週金曜日に水をいれかえてるから、だいじょうぶだよー」

春山さんが、ひらひらと手をふる。

まるで、わたしの心を見すかしたようなタイミングだ。

ちょっとくやしい。

「なら、いいけど」

わたしは、桟橋《さんばし》の上にしゃがみこんだ。水に足をつけようかどうか、考える。

目のはしに、「あたしのシンクロのわざ、見てみて！」といいながらカエルのように泳《およ》いでいる春山さんが見える。

ふうっと、思わず息《いき》をはいた。

きらきらと光る、ゆらめく水色。

空《そら》プールをぼんやりながめていたら、いつものように景色《けしき》がぼやけてきた。

もどそうと思えばすぐピントはもどせるけど、わたしはぼやけた視界《しかい》のまま、水色の世界《せかい》を見つづけた。

どこかで、こんな景色を見たな。どこだったっけ？

そうだ……、いつも塾《じゅく》に行くとき、通りすぎる学校のプールの景色だ。ダイヤのかたちのあみ目もようのフェンスのむこうに見える、きらきら光る水。

まぶしくてたまらないのに見てしまう、四角い水色――。

プールなんて、日に焼《や》けるし、つかれるし、なにより泳《およ》ぐのは苦手《にがて》だからすきじゃない。水泳《すいえい》の授業《じゅぎょう》なんて苦痛以外《くつういがい》のなにものでもない。だけど、いま、目の前にひろがっている水色は、なんて気持ちよさそうなんだろう。

オアシスだ……。

バシャリッ！

「わっ！」

いきなり顔に水がかかった。ピントがいっきにもどる。

おもしろそうに笑《わら》う春山さんの顔が、とびこんできた。

「夏木さんも、足くらいつけたら？　気持ちいいよー」

春山さんの「してやったり」という顔が、くっきりはっきり見える。

「うん、そうするよ」

わたしはサンダルをぬいで、桟橋《さんばし》の下の水面《すいめん》に足をのばした。つまさきが水にふれた瞬間《しゅんかん》、すばやく水面をけった。春山さんの顔に、みごと水しぶきが命《めい》中《ちゅう》した。

ピシャッ。

「やったね」

春山さんがにやりと笑《わら》う。

「やったよ」

わたしもにやりとする。

「よーし、こっちは水着《みずぎ》だから、ぬれてもいいけど、夏木さんはそうじゃないよね」

わたしは、あわててうしろにさがった。

やっぱり春山さんは、なかなか、けっこうやる。

遠足のときからそうかなと思っていたけど。同じ班《はん》になって、伊地知《いちじ》に文句《もんく》をいうタイミングとか、いうこととか、考えかたとか、けっこういっしょなのにじつはおどろいていた。勉強《べんきょう》はできないけど、春山さんは、なかなかやる。

わたしはタイミングを見はからって、思いっきり水面《すいめん》をキックした。高い水しぶきがはねあがって、春山さんがずぶぬれになる。春山さんはうきわをはずすと、両手《りょうて》をかきまわしてザブンザブンと水をかけてきた。

それからはもう、はげしい水のかけあいだった。おたがいようしゃしなかった。かなり本気だった。

「やるな！」

「そっちこそ！」

どうしよう、スカートがびしょびしょだ。シャツにも水がしみてきた。だけど、水のかけあいはとまらなかった。服《ふく》がぬれるのもかまわず、わたしは水をけりつづけ、春山さんは、思いっきりうでをふりまわしつづけた。

バシャバシャバシャバシャ、バシャリ！

ザブザブザブ、ザブリッ！

すさまじく大きな水しぶきがあがる。

「もう、水着《みずぎ》のくせに、ずるいよ！」

わたしはさけんでいた。

髪《かみ》からも服《ふく》からも、ボトボトと水がしたたり落《お》ちる。

「わあ、ごめん、やりすぎちゃった！」

春山さんはプールからあがってくると、にっかり笑《わら》いながら、バスタオルをかしてくれた。ヒーローマントのような、あのバスタオルを。

「ま、ぬれたって、すぐかわくよ！」

全身《ぜんしん》ずぶぬれの春山さんは、ピンクマン？　ていうか、いちご星人？　みたいだった。たぶん、わたしもすごいかっこうなんだろうけど……。

こんなところで、こんなにもずぶぬれになるなんて、朝のわたしには、想像《そうぞう》さえできなかった。

なんて日曜日。なんて誕生日《たんじょうび》。

「春山さん、ぜんぜん悪《わる》いと思ってないでしょ」

「まあまあ。それより、のどかわかない？　なにかつめたいもの食べようよ」

春山さんは、広場のほうを指《ゆび》さした。

「あそこの、公民館《こうみんかん》の横《よこ》の売店、ひみつのうらメニューがあるんだよ」

「ひみつの、うらメニュー？」

なにそれ？　ひみつのうらメニューなんて、あやしいひびき。

わたしは気になってしまって、またまた春山さんのあとについていってしまった。びしょぬれの服《ふく》のまま。

明るすぎる屋外《おくがい》から、きゅうに建物《たてもの》のなかにはいると、視界《しかい》がいっきに暗《くら》くなった。さっきのさびれた売店には、あの目の細いおばあさんがいた。あいかわらず、目をあけているのか、とじているのかわからない、うつらうつら顔。

「おばあちゃん、いちごソーダのかき氷《ごおり》ちょうだい！」

いちごソーダのかき氷《ごおり》？

春山さんは、なれたようすでおばあさんに百円玉をわたした。おばあさんは、ちらっとあたりを見まわすと、こくりとうなずいて、「あんたもかい？」と、わたしを見た。うすくひらいた細い目が、魔女《まじょ》の目のように光る。

とまどうわたしに、春山さんが耳うちした。

「夏木さんも、いちごソーダのかき氷にしなよ。すんごくおいしいから」

「そんなもの売ってないじゃないの」

「だから、ひみつのうらメニューなんだってば」

春山さんがいうには、この売店のおばあさんは、かき氷が大すきで、夏になると自分専用《せんよう》のかき氷の機械《きかい》で、毎日かき氷を食べているそうだ。

たまたま、おばあさんがかき氷を食べているところを目撃《もくげき》した春山さんは、どうしても食べたくなって、「かき氷をつくって」とおねがいした。すると、「そんなにも食べたいなら」とつくってもらえることになったそうだ。でもこれは、春山さんと売店のおばあさんのふたりだけの「ひみつのうらメニュー」で、ほかの人にはつくらないんだって。ちなみに、おばあさんのかき氷《ごおり》の機械《きかい》は、かわいいペンギンのかたちをしているらしい。

のれんをくぐって、奥《おく》の部屋《へや》から出てきたおばあさんは、スパイのように、細い目でささっとあたりを見まわした。そんなに心配《しんぱい》しなくても、こんなさびれた売店、人なんかあまり来ないだろうに。

「人のいないとこで食べな」

ぼそりというと、おばあさんは、ふたつの紙コップと二本のソーダをすばやくさしだした。わたしはあわてて百円をはらった。紙コップには、真《ま》っ赤《か》ないちごのかき氷があふれんばかりにのっていた。

プールの桟橋《さんばし》までもどると、わたしたちは、まわりの人から見えないように、フェンスのほうをむいてすわった。

ダイヤのかたちのあみ目もようのむこうに、丘町《おかまち》の景色《けしき》がひろがっている。

だだっ広い青空と、巨大《きょだい》な入道雲がまぢかに見える。

「こんなふうにね、いちごのかき氷《ごおり》に、こうやって、ちょっとずつソーダをかけるんだ。そしたらシュワーッてなって、おいしくなるんだよ」

春山さんは、プシュッとソーダのふたをあけると、真《ま》っ赤《か》な氷《こおり》の山に、シュワシュワとうめいのソーダをかけた。空気のなかでパチパチと炭酸《たんさん》がはじける。春山さんは、ソーダととけあった真っ赤な氷に、いきなりかぶりついた。

そういえばスプーンをもらっていなかった。かぶりつくしかなさそうだ。わたしも、春山さんのまねをして、いちごのかき氷にソーダをちょっぴりかけた。

はじめての炭酸だった。顔を近づけると、あわがパチパチはじけていた。どこからかぶりついていいかわからなかったけれど、とにかくかぶりついた。

思わず口をおさえてしまった。

信《しん》じられないくらい、おいしかった。

つめたいいちご味《あじ》の氷と、シュワッとしたソーダがとけあって、口のなかであまくはじける。ひと口、ふた口、三口……。ぱくぱくと食べていた。

「おいしいでしょ？」

春山さんがにっこり笑《わら》う。口がつめたくて、しびれてしゃべれない。わたしはぶんぶんうなずいて、またかき氷《ごおり》にかぶりついた。とけないうちにと、春山さんもばくばくかぶりつく。

ふとまた、春の遠足の日のことを思いだしてしまった。

あの日、四季《しき》くんがくれた、デザートのいちごのことを。

大雨のなか、道に迷《まよ》った伊地知《いちじ》をさがして、真《ま》っ暗《くら》なトンネルでお弁当《べんとう》を食べるはめになったわたしたち三班《ぱん》……。最低最悪《さいていさいあく》な遠足だったけど、四季くんがくれたデザートのいちごは、すごくあまくておいしかった。

そんなことを考えていたら、また、目のピントがずれて視界《しかい》がぼやけてきた。

夏の青空がうすまって、セミの声と、熱気《ねっき》と、かき氷のつめたさだけが体にしみこんでくる。

「うわっ、キーンってなった！」

いきなり春山さんがうめいて頭をおさえた。びっくりして、いっきに視点《してん》がもとにもどった。

春山さんのくちびるは、ピンクのいちご色にそまっていた。

「だいじょうぶ？　春山さん」

「う、うん」

頭の痛《いた》みがおさまったのか、春山さんは、こんどは、ピンク色になった舌《した》を出したりひっこめたりしだした。自分の舌のさきを見たいようだ。

本人はまるで気がついていないけれど、かなりおかしな顔だった。

「春山さんって、いつも自由《じゆう》で楽しそうだよね」

勝手《かって》に、ことばが出ていた。

より目のまま、春山さんが顔をあげる。

「楽しそう？　あたしが？」

「うん……。すごく日に焼《や》けてるし、水着《みずぎ》すがたで町を歩けるし、『いちごソーダのかき氷《ごおり》』なんて、うらメニューも知ってるし、すごく楽しそう」

春山さんは、上をむいて考えるしぐさをした。うでまで組みだす。

「べつに、あたしだって、いつも楽しいわけじゃないよ。でも、まあ、いまは楽しいかな」

太陽《たいよう》を見あげた春山さんは、いきなりくしゃみをした。鼻《はな》をこすってすすり、笑《わら》う。

「なんたって、いまは夏休みだからねー。空《そら》プールも気持ちいいし、いちごソーダのかき氷もおいしいし、それに、あしたは『スマイル・リップ』の七巻《かん》の発売日《はつばいび》だし！」

「スマイル・リップ？」

「まんがだよ。すっごくおもしろいの。夏木さん、知らない？　アニメもやってるよ」

「知らない」

春山さんは、信《しん》じられないって顔で、目を見ひらいた。

「『スマイル・リップ』を知らないなんて、もったいなさすぎる！　こんど、かしてあげるよ」

「あ、ありがとう」

それから春山さんは、いかに、『スマイル・リップ』がおもしろいまんがかを力説《りきせつ》した。

「――それでね、魔法《まほう》の美少女戦士《びしょうじょせんし》リップちゃんは、正体をかくして、いつもひとりでシャドウ・アイひきいる悪《あく》の組織《そしき》と戦《たたか》ってるの。あ、おとものコウモリのミラーも手伝《てつだ》ってくれるんだけどね。リップちゃんは、魔法のリップをくちびるにぬったら、なんにでも変身《へんしん》できるんだ。おとなにもなれるんだよ。ほんとうは小学六年生なんだけどね。それでね、ゆいいつリップちゃんの正体を知っているのがね！　なんと！　リップちゃんがすきな男の子、トーマくんなの！　同じクラスのかっこいい男の子なんだよ。でも、リップちゃんは、自分の正体がトーマくんにばれていることを知らないんだ、それからね――」

春山さんの説明《せつめい》は、あっちこっち話がとんで、わかりにくかった。だけど、『スマイル・リップ』とやらを読んでみたくなった。ひとりで悪《あく》と戦《たたか》う美少女《びしょうじょ》戦士《せんし》という設定《せってい》が、ちょっと気にいった。それに、春山さんがさいごにこんなことをいうから、気になってしまった。

「――あたし、『スマイル・リップ』の最終巻《さいしゅうかん》を読みおえるまで、なにがなんでも死《し》ねない！」

死ねないほど、すごいまんがなのか。

こんなにも目をきらきらさせている春山さんは、学校でも見たことがない。

「やっぱり、春山さんって、楽しそう……」

わたしはまた、つぶやいてしまった。

自分でも信《しん》じられないくらい、すなおにうらやましいと思ってしまった。

だけど、春山さんは反論《はんろん》するように、口をへの字にまげた。

「そんなことないよー。あたしだって、人生楽しいことばかりじゃないんだから」

春山さんは、おおげさにため息《いき》をついた。

「この前だって、人生の大きなキキだったんだから！」

春山さんは、こんどは「人生の大きな危機《きき》」とやらについて、怒《おこ》った声で話しはじめた。

「――この前ね、おかあさんにむりやり塾《じゅく》にいれられそうになったの。見学だけだよっていってたくせに、いきなり入塾テストをうけさせられたんだ！ 入塾テストなんて知らなかったから、なにももっていってなくて、塾の先生に『筆記用具《ひっきようぐ》ももってきていないんですか？』ってえらそうにイヤミいわれるし、もう、最悪《さいあく》だったんだから」

もしかしてこれは、ちょうど、同じバスに春山さんと春山さんのおかあさんとのりあわせた、あの日のことか？　やっぱりあの日、入塾《にゅうじゅく》テストがあることを春山さんは知らなかったんだ。イヤミまでいわれたなんて、かわいそうに。

「それで、塾にははいることになったの？」

わたしは、いちばん気になっていたことをきいた。

春山さんは、ぶんぶんと首をふった。

「まさか、だって、トップ塾だよ。あんな勉強《べんきょう》しかしない場所《ばしょ》、あたしが通えるわけないよ。あんなところに通える人、頭おかしいよー」

なんというか、想像《そうぞう》どおりすぎる答えだった。だけど、勉強しかしない場所って、塾って勉強をしにいく場所なんだけど。

とつぜん春山さんが、しまったという顔をする。

「そういえば、夏木さんって、トップ塾だったたっけ……？　ごめんね」

気まずそうに、わたしの顔をそっと見る。

「わたし、今日、そのトップ塾《じゅく》を休んじゃったんだよね」

ぽろりといってしまった。

足のさきにプールの水が、ピチャッとはねる。

「そうなの？　あ、もしかして、またズル休み？」

春山さんが、わたしの顔をのぞきこむ。

「またって、どういうこと？」

「だって、夏木さん、春の遠足のときもズル休みしようとしてたから……」

春山さんは、また、しまったという顔をした。それから、えへへっと笑《わら》って頭をかいた。

「まあ、べつにいいんじゃない？　人生で一回か二回くらいズル休みしたって。遠足をズル休みする気はしれないけど、夏木さん、いつもまじめだし、塾に行ったことにしちゃえば？　だれもうたがわないよ」

バシャリ！

水面《すいめん》をけっていた。

あたりまえだけど、けった水はぜんぶ自分にはねかえって、またぬれてしまった。また、バカなことをしてしまった。春山さんもおどろいた顔をしている。びびらせてしまったかもしれない。だけど――。

「ズル休みだと思われたくないから、いっておく」

わたしは、桟橋《さんばし》に深《ふか》くすわりなおすと、はずかしいのをがまんして話した。バスをのりまちがえたこと。塾《じゅく》の月例《げつれい》テストをうけられなかったこと。月例テストは結果《けっか》がかえってくるから、うけたふりはできないこと。自転車《じてんしゃ》のチェーンがはずれてしまったことや、コンビニの前で伊地知《いちじ》がおにぎりを食べていたことまで話していた。

けっしてわたしは、塾をズル休みなんかしていない。高い月謝《げっしゃ》をはらってもらっているんだもの。それに、ママにだけは心配《しんぱい》をかけたくない。だけど、塾ばっかりの夏休みってどうなんだろう？　と思っていること……。

なぜか、そんなことまで話していた。なんかもう、口がとまらなかった。

そんなわたしのぶつけるような話を、春山さんはきいてくれた。おどろいたり、ときどき顔をしかめたりしながら、真剣《しんけん》にきいてくれた。

そして、話をききおえた春山さんは、こういった。

「――わかった！　夏木さんは、ズル休みをしたんじゃないんだね！」

「わかってくれたのなら、いい」

わたしはプールに足をひたして口をとじた。春山さんも、チャプンとプールに足をつける。

チャプチャプと、水の音だけがひびく。

「――それにしても、夏木さんって、ときどきぶっちゃけるよね」

春山さんが口をひらく。

「ぶっちゃける？」

「ほら、遠足のときもいきなりぶっちゃけたじゃない。木崎《きさき》先生のこととか、飛田《とびた》さんのこととか、きらいだーって、いきなり話しだしたよね」

「そういえば……」

「夏木さんって、性格《せいかく》はおいとくとして、すっごく勉強《べんきょう》ができて美人《びじん》なのに、けっこう悩《なや》みがあるんだなって、あたし、あのときびっくりしたんだ」

春山さんが、まっすぐにわたしを見つめる。

「性格はおいとくって、どういうこと？」

見つめかえしていうと、春山さんはまた、あたふたした。

「だってだって、さいしょのころの夏木さん、和也《かずや》くんに勉強を教えてくれなかったし、そうじ当番も自分のぶんしかやらなかったし、非協力的《ひきょうりょくてき》だったんだもん。だから、自己《じこ》チューな人だなって思ってたんだもん……」

ぐっと、ことばにつまってしまった。

たしかにそのとおりだけど、面《めん》とむかっていわれると、けっこうショック。

「でもでも、最近《さいきん》の夏木さんは、和也くんに勉強《べんきょう》を教えてくれるようになったし、そうじをさぼる伊地知《いちじ》のこともいっしょに注意《ちゅうい》してくれるし、しゃべるようにもなったし、もう、自己《じこ》チューなんて思ってないよ！」

春山さんが、にっこり笑《わら》う。

「もっとさ、気楽に考えなよ、気楽に。今日のこともさ、えーっと、塾《じゅく》じゃなくって……、水泳《すいえい》教室にでも行ったことにすればいいじゃない。そうだよ！ 人生で一回くらいこんな日があったっていいじゃないの！ あたしも、夏木さんといっしょにあそべて楽しかったし」

「……わたしと、あそべて、楽しかった？」

「うん、楽しかったよ」

春山さんが大きくうなずく。

なんだろう、この気持ち。

春山さんのことばが、じわじわと心にはいってきて、あたたかくなる。

おなかの底《そこ》が、ふわふわして、くすぐったい。

なんて、ふしぎな感覚《かんかく》。

かき氷《ごおり》でつめたくなった指《ゆび》さきに、あたたかみがもどっている。水にぬれた肌《はだ》が、さらさらして気持ちいい。

「あ、かき氷が！」

春山さんが、とけてしまったかき氷を残念《ざんねん》そうに見つめる。だけどすぐに、

「でも、こうすればだいじょうぶ！」

にっかり笑《わら》うと、紙コップにとくとくとソーダをつぎたした。

いちご水が、いちごのソーダ水になる。

シュワシュワと音がして、小さなあわがパチパチとはじける。

「カンパイしよう、夏木さん」

春山さんが紙コップをかかげた。

「カンパイ？　なんでそんなことするの？」

春山さんが、顔をしかめる。

「もーう、夏木さんはまじめなんだからー。なんでもいいんだよ、カンパイの

理由《りゆう》なんて。いつもおとうさんがそういってるもん。でも、そうだねぇ……、それじゃあ、あたしたちがぐうぜん出会った今日を記念《きねん》して、カンパーイ！」

「記念っていうなら……」

わたしは思わずいってしまった。

「今日、わたしの誕生日《たんじょうび》なんだ……」

そのとたん、春山さんが目を見ひらいた。

「なにそれー！　はやくいってよ、じゅうぶんなカンパイ理由じゃないの！　お誕生日おめでとう、夏木さん！」

そういうと、春山さんは、わたしの紙コップにとくとくとソーダをそそいで、ハッピーバースデーの歌をうたいだした。

「ハッピバースデー　トゥー　ユー

ハッピバースデー　トゥー　ユー

ハッピバースデー　ディア……

ナツキさんは、いいにくいなー
ハッピバースデー　ディア　アンナー
ハッピバースデー　トゥー　ユー」
　こんなところでいきなり歌をうたわれるなんて、びっくりした。正直はずかしかった。だけど春山さんは、はずかしがることなく、うたってくれた。しかも、けっこうじょうずだった。
　気がついたら、空《そら》プールには、わたしと春山さんしかいなかった。
　入道雲のはるかむこうに、かすかなオレンジ色が見える。
「ありがとう……」

ものすごくはずかしかったけど、むねの奥《おく》がくすぐったくて、ほわほわしていた。

「わたし、こんなふうに友だちに誕生日《たんじょうび》を祝《いわ》ってもらったの、はじめて」

「ほんとうに？　お誕生日会とかしないの？」

「だって、わたしの誕生日、お盆前《ぼんまえ》のいそがしい時期《じき》だから、いつも家族《かぞく》とだけ」

春山さんのまゆげが、きゅっと八の字にさがる。なんか、ものすごくわたしのことをかわいそうだと思っている顔だ。

「夏木さん！」

いきなり両手《りょうて》をにぎられた。

「あたしといっしょだね。あたしも、誕生日がゴールデンウイークにかぶりやすいの、五月八日なんだ！」

両手《りょうて》をにぎったまま、春山さんは、ぎゅっとわたしを見つめた。

「ゴールデンウイークって、みんな旅行《りょこう》に行ってたりしていないから、あたしもいつも家族《かぞく》だけなの！　あ、でも、今年は、ぎりぎりかぶらなかったんだ。それどころか、春の遠足の日だったたんだよ」

「そうなの？」

「うん、あの、さんざん雨にふられて、遭難《そうなん》しかけたあの日に、あたし十一歳《さい》になったんだ」

「そうなんだ……」

「あの日は、たいへんだったよねー。誕生日《たんじょうび》どころじゃなかったなー」

　春山さんが、しみじみいう。

　わたしは、ちょっとだけもうしわけない気持ちになった。

　あの遠足の日、わたし、けっこう春山さんたちにめいわくをかけたから。

「……それじゃ、ちょっとおそいけど、春山さんの誕生日もカンパイしようか」

「え？　ほんとうに？」

春山さんの目がきらきらとかがやきだす。

歌もうたってくれたし、カンパイぐらいするよ。

「うん、お誕生日《たんじょうび》おめでとう、春山さん。カンパイ」

カンパイとどうじに紙コップをぶつけあって、わたしたちはいちごのソーダ水をいっきに飲《の》んだ。炭酸《たんさん》はちょっとうすくなっていたけど、あまくて、とてもおいしかった。

「ねえ、歌はうたわないの？」

春山さんは、ハッピーバースデーの歌をうたってほしそうな顔をした。

「やだ、うたうなんてはずかしいよ」

ことわったら、春山さんは「ケチー」といいながら、自分で自分にハッピーバースデーをうたいだした。やっぱり春山さんって、すごい。まねできない。

そして、やっぱり歌がうまい。

空が、夕日のピンクとオレンジがとけあった、やさしい色になっていた。

入道雲も、うすいもも色と、うすいやまぶき色にそまっている。

ぬれた服《ふく》が、いつのまにかかわいていた。

ほんとうに、春山さんのいってたとおりだ。

ぬれたって、すぐかわく。

太陽《たいよう》の力ってすごい。

ピンクとオレンジがまざりあった空が、空《そら》プールにうつっている。

わたしたちは、石の階段《かいだん》をのぼって、もと来た道のほうへおりていった。

帰り道、バスにのってかえるというわたしに、「うしろにのりなよ」と、春山さんが自転車《じてんしゃ》の荷台《にだい》を指《ゆび》さした。わたしは首をふった。

「自転車のふたりのりはダメ」

「あたし、自転車の運転《うんてん》、すっごい得意《とくい》だよ」

「ふたりのりはダメ！」

「もう、まじめなんだから、夏木さんは」

くちびるをつきだしながら、春山さんはいった。

「それじゃあ、自転車《じてんしゃ》はひいていくから、いっしょに帰ろうよ。もっと、おしゃべりしよう」

ちょっとおどろいてしまった。ううん、ものすごく、おどろいてしまった。

春山さん、わたしと、おしゃべりしたいの……？

「じゃあ……、いっしょに帰る？」

心とはうらはらに、しかたなさそうにいってしまった。それなのに、春山さんは、すごくうれしそうに「うん！」と、うなずいて笑《わら》った。

ほんとうは、ひとりでバスにのるのは心ぼそかった。

わたしとしゃべりたいっていってくれて、うれしかった。

ものすごく、ものすごく、うれしかった。

「でも、春山さん、ひとつだけ確認《かくにん》させて。帰りも、さっきみたいなヒーローのかっこうをするの？」

春山さんは、頭に水中めがねをつけて、こしにうきわをはめて、バスタオルを首にまきつけたまま、大きくうなずいた。

「うん！」

どうやら、春山さんはヒーローのかっこうが、ほんとうにすきらしい。

そしてそのかっこうは、けっこう春山さんににあっている、と思った。

それからわたしたちは、長い坂道《さかみち》をくだっていった。

ピンクとオレンジがとけあった空の下、遠くまでひろがる丘町《おかまち》の景色《けしき》をながめながら、わたしは春山さんとならんで歩いた。

歩きながら、いろいろなことを話した。

学校のこと。クラスメイトのこと。放課後《ほうかご》のクラブのこと――。

駅前《えきまえ》を通りすぎて、トップ塾《じゅく》を通りすぎて、コンビニを通りすぎても、話はつきなかった。

通いなれた通学路《つうがくろ》が見えてきた。

小学校の前を通りながら、自転車屋《じてんしゃや》さんに行くことを思いだした。

自転車を修理《しゅうり》に出していることを話すと、「いっしょに行くよー」と、春山さんは、自転車屋さんまでついてきてくれた。

はずれていたチェーンはきれいになおっていて、自転車もぴかぴかにみがかれていた。タイヤの空気もぱんぱんにはずんでいる。修理代《だい》は、ちゃんとパパがはらってくれていた。

とうとう分かれ道に来て、わたしは左の道に、春山さんは右の道に、自転車をむけた。

「それじゃあ、あたしこっちだから」

春山さんが、手をふる。

まって。

もう少し、しゃべりたい。まだ、別《わか》れたくない……。

そう思っていたら、春山さんがきゅうにふりむいた。

「ねえ夏木さん、今日みたいに、学校の水泳《すいえい》教室もいっしょに行かない？」

「えっ……？」

「終業式《しゅうぎょうしき》の日、行かないっていってたけど、やっぱり行こうよ」

春山さんが、夕日をうつした目でわたしを見つめる。

なんて、きらきらした目。

自転車《じてんしゃ》にまたがったまま、わたしは目をさまよわせた。

ふいに、きらりとまぶしい光が視界《しかい》にとびこんできた。

ダイヤのかたちのあみ目もようのフェンスのむこうで、まぶしい夕日が反射《はんしゃ》している。学校のプールが、オレンジ色にゆらめいて光っていた。

なんて、あたたかそうな水。

春山さんが、にやっと笑《わら》って、ひみつめかした口調《くちょう》でささやいた。

「水泳教室に来たら、『スマイル・リップ』をもっていってあげるよ。だから、いっしょに行こうよ」

「学校にまんがをもっていったらダメでしょ」

わたしはすぐに注意《ちゅうい》した。

春山さんは、ほっぺたをふくらませて口をとがらせた。

「もう、ほんとーに、夏木さんはまじめなんだからー。夏休みくらい、いいじゃない。もっていくだけなんだから。はやく読んで語りあいたいのに。何度《なんど》もいうけど、『スマイル・リップ』は、ほんとーに死《し》ぬほどおもしろいまんがなんだよ。一秒《びょう》でもはやく読まなきゃ、人生ソンするよ！」

そこまでいうか。それなら、

「わかった」

わたしは、大きくうなずいた。

「それじゃ、あしたは塾《じゅく》がないから水泳《すいえい》教室に行く。そのとき、『スマイル・リップ』かして」

「いいよー」

春山さんはにっこり笑《わら》って手をふると、自転車《じてんしゃ》のライトをぴかっと光らせた。

そのとき、わたしは、あることを思いだした。

「そういえば春山さん、入塾《にゅうじゅく》テストをうけた日、おかあさんに〈スマイル・リップちゃんのリップ〉は、買ってもらえたの？」

「え？　え？　なんで？　なんで夏木さんがそのことを知ってるの？」

おどろく春山さんに、わたしは「じゃあねー」と、ひらりと手をふった。

ぬるい空気をひきさいて、ビューンと自転車をこぐ。ぐんぐん町の景色《けしき》が進んでいく。夕日色に光る学校のプールがうしろに流《なが》れていく。

「なんで、リップのこと、知ってるのぉー？」

春山さんのさけび声が、うしろから追《お》いかけてくる。

わたしはさけびかえした。

「あした教えてあげる！」

おもしろい、春山さんがふしぎがっている。

はやく、はやく、あしたにならないかな。


家に帰ると、わたしはすぐに水泳《すいえい》教室の準備《じゅんび》をした。水泳バッグに、水着《みずぎ》とタオルと、かりたまんがをぬらさないように、ビニールぶくろをいれた。

夕方おそく、パパとママが帰ってきた。お葬式《そうしき》帰りなのに、パパとママは「大切な日だから」と、誕生日《たんじょうび》ケーキを買ってきてくれた。

誕生日ケーキには、宝石《ほうせき》のように光るフルーツが山もりにのっていた。

フリルのような生クリームに、銀色《ぎんいろ》のアラザン、バラのアイシング。細いくるくるしたリボンのチョコも、おしゃれにまきついていた。でも、いちばんかがやいていたのは、ゼリーのかかった真《ま》っ赤《か》ないちごだった。

わたしはケーキを食べながら、パパとママに今日あったことを話した。

バスをのりまちがえて「月例《げつれい》テスト」がうけられなかったことを知ったママ

は、やっぱりおろおろとうろたえた。だけどパパが、不安《ふあん》がるママをちゃんとなだめてくれた。

「アンナはここにいるんだから、なにも心配《しんぱい》することはないよ」

そして、パパもママもわたしの話をじっくりきいてくれた。

空《そら》プールのことや、売店のうらメニューのいちごソーダのかき氷《ごおり》のこと、春山さんのこと。パパもママも、春山さんのことを「おもしろい子だね」といった。

そうそう、月例《げつれい》テストは、べつの日に再《さい》テストがうけられるんだって。ついでのように先月の「月例テスト」の結果《けっか》を見せたら、ママは、順位《じゅんい》が落《お》ちていることを、やっぱりものすごく心配した。

「だいじょうぶだよ、ママ。わたし、がんばるから」

それでもまだ、不安《ふあん》そうな顔をするママに、わたしは笑《わら》いかけた。春山さんなら、そうすると思ったから。

ゆれていたママの目が、おどろいたように見ひらいて、わたしを見つめる。

「そうね……、そうよね」

「そうだよ、心配《しんぱい》ないさ。それよりアンナ、今日は夏休みらしい、いい一日をすごしたな」

「うん！」


八月十日。

わたし夏木アンナは、バスをのりまちがえて、ちょっとした冒険《ぼうけん》をして、「夏休みらしい、いい一日」というのをすごした。

そして、十一歳《さい》になった。

★おまけマンガ★
アンナのスマイル・リップ劇場《げきじょう》
～水泳教室の帰り道～
見てみて～！これが≪スマイル・リップちゃんのリップ≫だよ～！
キラ キラ キラン
これをぬったらなんにでも変身《へんしん》できるんだよ！
それはマンガの中《なか》の話でしょ
けっこうかわいい…
あ！そう言《い》えば夏木さんあたしがリップ買ってもらったこと、なんで知ってたの？
ああ…
実《じつ》はこのまえバスで塾《じゅく》に行《い》ったとき…――
な～んだ同《おな》じバスに乗《の》ってたんだ～！
てっきりシャドウ・アイみたいな魔力《まりょく》で当てたのかと思ったよ！
はぁ？
…それじゃあ春山さんのこれからの行動《こうどう》を当ててみようか？
えっ！
今から…本屋さんに行く！
ええっ！
そこでスマイル・リップの7巻《かん》を……買う!!!
!!
…
リップちゃんの天敵《てんてき》シャドウ・アイ
すっご～い!!
当たってる～!!!
魔力だ～!!!!
え？
いや…
きのう春山さんが発売日だって言ってたんだけど…！
3巻へつづく！
つぎは伊地知の話だよ！

著者略歴

作◎井上林子 **いのうえ りんこ**
兵庫県生まれ。梅花女子大学児童文学科卒業後、会社勤務をへて、日本児童教育専門学校の夜間コースで学ぶ。絵本作品に『あたしいいこなの』(岩崎書店)、児童文学作品に、第40回児童文芸新人賞受賞作の『宇宙のはてから宝物』(こみねゆら絵、文研出版)、『3人のパパとぼくたちの夏』(宮尾和孝絵、講談社)、『ラブ・ウール100%』(のだよしこ絵、フレーベル館)、『2分の1成人式』(新井陽次郎絵、講談社)、『マルゲリータのまるちゃん』(かわかみたかこ絵、講談社)、『なないろランドのたからもの』(山西ゲンイチ絵、講談社)などがある。

絵◎イシヤマアズサ
大阪府生まれ。書籍の装画や日常のエッセイコミック、おいしい食べ物のイラストを制作。著書に『真夜中ごはん』『つまみぐい弁当』(いずれも宙出版)、『なつかしごはん 大阪ワンダーランド商店街』(KADOKAWA)、装画に『ゆきうさぎのお品書き 8月花火と氷いちご』(小湊悠貴著、集英社)など多数。

装丁・本文フォーマット◎藤田知子

11歳《さい》のバースデー
わたしの空色プール 8月10日夏木アンナ

2016年10月27日　初版第1刷発行
2023年10月12日　初版第5刷発行

作◎井上林子
絵◎イシヤマアズサ
発行人◎志村直人
発行所◎株式会社くもん出版
〒141-8488　東京都品川区東五反田2-10-2　東五反田スクエア11F
電話　03-6836-0301(代表)
03-6836-0317(編集)
03-6836-0305(営業)
ホームページアドレス　https://www.kumonshuppan.com/
印刷◎株式会社精興社

NDC913・くもん出版・136P・20cm・2016年・ISBN978-4-7743-2540-8

CD 34577